詩人의 예수

-꿈에 찌든 詩詩한 男子 이야기

裸神 김준호 시집

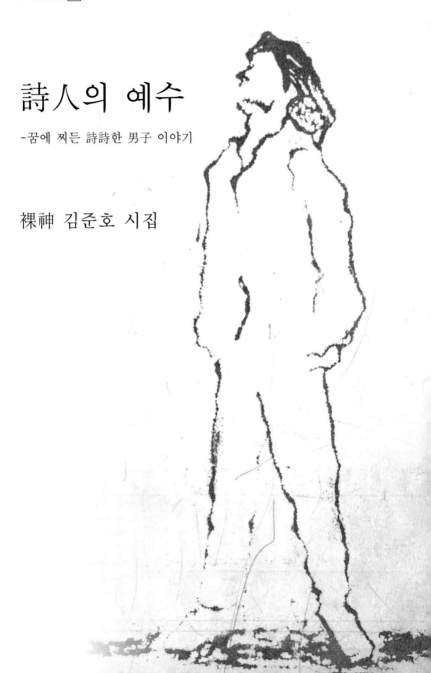

詩人의 예수

김준호 시집

발행처   도서출판 **청어**
발행인   이영철
영업   이동호
홍보   천성래
기획   남기환
편집   방세화
디자인   이수빈 | 김영은
제작이사 공병한
인쇄   두리터

등록   1999년 5월 3일
          (제321-3210000251001999000063호)

1판 1쇄 발행 2023년 8월 20일

주소   서울특별시 서초구 남부순환로 364길 8-15 동일빌딩 2층
대표전화 02-586-0477
팩시밀리 0303-0942-0478
홈페이지 www.chungeobook.com
E-mail   ppi20@hanmail.net

ISBN   979-11-6855-169-5 (03810)

나의 이 네 번째 시집을
예수님과 같은 날 태어난
수필가 김지향 님에게
드린다.

차례

2장 우물가에 홀로 핀 꽃

3장 결혼 파티에 초대받은 詩人

4장 광란의 나이트클럽

5장 공동묘지에 쏟아지는 햇살 소나기

어떤 강생
-神이요 人間인 男子의 詩

그 男子는 자신이 神이라고 알고 있었는데
어느 날 갑자기 몸과 마음이 아프면서

자기가 人間의 몸에 갇혀 있음을 알았다네
왜 神이 生老病死를 겪어야 하는지 의문이 풀리고

마리아 막달레나에게 사랑에 빠진
男子 예수의 고뇌를 이해하게 되고

십자가에서 버림받으며 울부짖은
罪人 예수의 고통에 공감하게 되면서

자신도 예수같이 人間으로 내려왔음을
알았으나 그 목적이 확실하지 않아 고민하다

人間들이, 女人들이 우글거리는
마을을 빠져나와 길을 떠난다네

길에서 女神을 만나 사랑에 빠지면
男子로 땅에 내려온 이유가 될까

산적에게 잡혀 生을 마감하면
人間이 된 목적을 이룬 것일까

神이요 人間인 이 男子의
꿈은 이렇게 시작되었다네

1장

땅에 떨어진 외로운
별 하나

빙판 위의 댄스

내가 창조한 人間들과 춤을 추려고
나는 이 世上에 온 것이니
그리고 같이 잘 추었다
십자가의 수난도 부활도
하느님 아버지가 안무 한 춤
죽음도 삶도 다 춤이 아니더냐
人間들이 광란의 춤을 추는
이 世上은 巨大한 나이트클럽

그런가요? 그런데 왜 얼음 위에서…
잘못 내려오신 거 아닙니까?
춤이 아니라 넘어지지 않으려는
어릿광대의 몸짓 아닌가요?
스케이트도 안 신고 왜
김연아가 댄스 하는 빙판에 오셨나요?
人間 世上에 적응하지 못한
神의 실패를 종교로 만든
人間의 안무가 놀랍지 않습니까?

너는 왜 그냥 서 있느냐?
넘어지지 않으려고 돌기둥이 되었느냐?
人間 世上에 적응하지 않으려는
너의 발악도 춤이 되느냐?
춤이 없이 어찌 神話가 된다더냐?

나는 얼음기둥이 되기로 하였습니다
그냥 서 있는 것은 제가 안무한 댄스입니다

나는 人間 世上에 내려간 적이 없다

하느님이 人間 예수가 되어
이 땅에 내려오셨다 바닥으로 떨어지셨다
뒤틀리는 내 뱃속

왜 거리에서 태어나지 않았냐고
왜 창녀에게서 태어나지 않았냐고
왜 문둥병자로 태어나지 않았냐고

이 바닥은 받아들일 수 없는 교회
聖母님을 동정녀로 만들고
마구간에서 예수님을 순산시킨다 그러나

하느님이 사람이 된 것이 불편해
아우성치는 나 같은 人間이 늘어나니
하느님은 이 世上에 왔던 것을 후회할지도

나는 人間 世上에 내려간 적이 없다
누가 神이고 누가 人間이냐?
태초부터 세상에 뿌린 내린 하느님의 이 말씀

잔잔한 감동…

싱거운 스릴러

예수님 탄생을 만들어낸 神話라고들 떠들지만
Youtube의 가짜 뉴스 같은 평범한 이야기라

요즘은 결혼도 안 하고 출생률이 너무 낮아 처녀 임
신도 권장해야 할 판이고 자신이 재림 예수라고 주장
하는 人間들이 詩人들같이 많아 내 아이가 하느님의
아들이라 소리쳐도 미친 女子 취급도 못 받고 다른
男子의 자식을 키운 순박한 시골 목수 요셉 출생의
비밀로 도배된 막장 드라마의 조연에 불과 수많은 어
린아이를 학살한 헤로데 王 히틀러 앞에서 고개도 못
들고

主님의 탄생 이야기를 믿습니다만
참으로 재미없게 오셨습니다
다시 오실 때는 좀 참신한 방법으로 오셔야

女子로 다시 오신다는 소문이 있는데
어떤 스릴러를 쓰실지 기대됩니다
혹시 이미 오셨을지도…

마누라가 예수…!? 후덜덜…

왜 이 世上에 내려오셨는지 알겠네

미사 때 뒷좌석에 앉으니
보이는 것이 너무 많아 분심이 생긴다
그래서 앞자리에 앉으니
반주자의 찢어진 청바지와
성가대 女人들의 치렁치렁한 화장으로
정신이 오락가락하니
하느님이 이 세상에 오신 이유도
이와 같지 않을까
저 높은 하늘에서 보니
지저분한 人間들이 너무 많이 보여
예수로 세상에 내려왔더니
따뜻한 어머니 성모 마리아와
아름다운 마리아 막달레나와
수많은 마리아들로
세상이 나쁜 것만은 아니구나 하고
기분이 좋았으나
어처구니없게 십자가에 달렸으니
제대 바로 앞에서
미사를 망친 나와 무엇이 다를까
그러나 나는 이 詩로 다시 태어났으니

부활한 예수와 이 또한 같지 않으랴
이게 말이 됩니까?
뭐가? 십자가 위에서
껄껄 웃는 예수님을 보지 못하셨나요?

가자! 베들레헴으로

1. 깊은 산골

詩人: 이 깊은 산골에서 질식할 것 같습니다.

예수: 흠… 그럼 안 되지.

詩人: 이제 떠나렵니다.

예수: 어디로 가려느냐?

詩人: 발 가는 대로 갑니다. 詩人이 갈 때가 있습니까?

예수: 이 초가집도 들꽃도 그리워지겠네.

詩人: 집 같은 집에 살고도 싶고, 진짜 예쁜 꽃도 있을 겁니다.

예수: 나는 밭을 갈러 가련다.

詩人: 생각이 바뀌면 따라오십시오.

2. 작은 마을

詩人: 主님 언제 여기에 오셨습니까?

예수: 나는 여기에 살고 있었다.

詩人: 이제 이곳도 지쳤습니다. 일이 너무 지루합니다. 예쁜 꽃도 없습니다. 좀 더 큰 마을로 가겠습니다.

예수: 나는 일하러 가련다.

詩人: 생각나면 따라오십시오.

3. 트럭 뒤 칸

詩人: 이거 어디 흔들거려서 잠을 잘 수가 있나!

예수: 아, 잘 잤다.

詩人: 아니, 主님이 이 트럭에 타는 걸 못 보았는데요?

예수: 나는 여기에 항상 타고 있었다.

詩人: 이 트럭이 어디로 가는지 아십니까?

예수: 詩人도 목적지가 있느냐?

4. 꽃집

詩人: 흠… 냄새가 좋구나. 산에서 못 맡던 냄샌데…

예수: 이 꽃은 장미라 부른다.

詩人: 아니! 언제 트럭에서 내리셨습니까?

예수: 나는 꽃을 좋아해서 여기서 내내 살았느니라.

詩人: 山에서 보던 들꽃은 보이지 않는데요.

예수: 그런 수수한 꽃들은 여기에 없다.

詩人: 그러면 主님은 이 꽃집 예쁜 꽃들 속에서 사십
     시오. 저는 갑니다.

5. 식당

詩人: 일이 너무 힘들고 지루하다.

이런 일 해봐야 미래가 있겠나?

예수: 詩人에게도 미래가 있다더냐?

詩人: 아니! 언제 여기에 오셨습니까?

예수: 내가 여기서 하루 세 끼를 먹고 있는데, 몰랐단 말이냐?

詩人: 여기도 이제 식상했습니다. 떠나겠습니다.

예수: 나는 점심이나 먹으련다. 여기 짬뽕이 유난히 맛있다.

詩人: 싫컷 드십시오. 먹는 것이 다가 아니라는 거 저는 압니다.

6. 호텔

예수: 흠… 너도 이제 詩人의 때가 벗겨진 것 같구나.

詩人: 예수님도 호텔에 드나드십니까?

예수: 여기에 내 방이 하나 있지 않으냐?
네 얼굴에 화기가 돌고 있구나. 무슨 일이 있느냐?

詩人: 사랑에 빠진 것 같습니다.

예수: 아… 정말 예쁜 꽃을 찾았구나.

詩人: 그녀는 산에서 보던 들꽃보다, 꽃가게의 장미보다 예쁩니다.

예수: 그녀도 너를 사랑하느냐?

詩人: 아직은 아닙니다만, 곧 우리는 서로 사랑할 겁니다.

예수: 흠⋯ 십자가의 고통이 무엇인지 조금은 알게 되겠구나.

詩人: 고통이라니요! 이렇게 행복한데요.

예수: 나는 내 방에서 낮잠이나 자련다.

7. 결혼식

詩人: 눈물이 앞을 가려 그녀의 모습을 보기가 힘들다.

예수: 그녀가 정말 아름답구나.

詩人: 누구를 놀리십니까? 내 것이 아닌데 아름다우면 뭐 합니까?

예수: 십자가의 고통을 조금은 알겠느냐?

詩人: 예수님이 아무리 십자가에서 고통을 받았다지만 지금의 제 고통에 비하면 아무것도 아닐 겁니다.

예수: 나는 결혼 파티에 가서 신나게 먹고 마시겠다.

詩人: 그러십시오. 저는 역시 詩人입니다. 떠나겠습니다.

8. 가자! 베들레헴으로

예수: 어디로 가려느냐?

詩人: 베들레헴으로 가렵니다.

구세주가 태어날 것이라는 소문이 있습니다.

예수: 길이나 알고 있느냐?

詩人: 노란 별이 인도할 겁니다.

예수: 가서 무엇을 하려느냐?

詩人: 정말 구세주라면, 경배하고 그 곁을 떠나지 않으렵니다.

예수: 그래라. 파티가 시작되었구나. 배고프다.

그림의 떡

또다시 온 예수님의 生日
군침을 흘리며
벽에 걸린 그림을 쳐다본다

저 먹음직스러운 떡이
내 것이란다
내 이빨을 부드럽게 받아들일
내 혀끝에서 살살 녹을
내 입안에서 쫄깃쫄깃하게 씹힐
내 몸에서 피가 되고 살이 될 떡이
내 것이라는데
내 손가락은 절박하게 움직이고
내 눈은 하염없이 이리저리 굴러다니고
내 가슴은 대책 없이 뛰고 있으니
저 떡이 그림에서 튀어나와
내 메마른 입속을 축축하게 하면 좋으련만
내 것임에도 바라만 보아야 하는
내 것임에도 그 향기 맡을 수 없는
내 것임에도 그 맛 상상할 수밖에 없는
저 그림은 누가 그렸는지
저 그림은 왜 샀는지
이 생각 저 생각에 얼어붙은 그림의 떡

저 그림은 예수님 초상화가 아니다
그러니 엉뚱한 생각을 했구나
예수님이 어떻게 생긴 지 그 누가 알랴
내 자화상으로 바꿔야겠다

성경 중독

말씀하신 대로 저에게 이루어지기를 바랍니다
- 루카 1:38

*때가 되면 이루어질 내 말을 믿지 않았으니, 이 일이 일어
나는 날까지 너는 벙어리가 되어 말을 못 하게 될 것이다*
- 루카 1:20

聖母 마리아가 가브리엘 천사의
황당한 말에 "예"했던 장면을 묵상하고 있을 때
이 천사가 나에게도 나타나니…

가브리엘: 하느님의 말씀을 전하려는데 "예"하겠느냐?
나: 말씀을 먼저 들어보는 것이 순서 아닐까요?
가브리엘: 하느님의 말씀을 어찌 "아니오"할 수 있겠
　　　　느냐?
나: 가짜가 판치는 世上에 어찌 하느님의 말씀이라고
　　덜컥 믿을 수 있나요?
가브리엘: 천사인 나도 가짜란 말이냐?
나: 그건 말씀을 들어본 후에 판단을 내리지요
가브리엘: 네가 꿈꾸는 모든 것이 이루어지리라고 하
　　　　느님은 말씀하셨다

나: 너무 확실하게 가짜네요 좀 그럴듯한 말씀을 하셔야지…

가브리엘: 나는 그저 하느님 말씀을 전할 뿐이다 "예"는 너의 몫이다

나: 2000년 전의 처녀 임신 보다 더 받아들일 수 없는 말씀이네요

가브리엘: 그래서 "예" 못하겠다고?

나: 그런 말도 안 되는 말씀을 하느님이 하셨다고요? 진짜 하느님의 말씀이라면 이 건 저주입니다 내가 무슨 괴상한 꿈을 꾸는지 아시고 하시는 말씀이신지…

가브리엘: 그냥 "예"하라 나는 답을 전달해 드려야 한다

나: "아니요"라고 하면 어떻게 됩니까?

가브리엘: 그건 나도 모른다

가브리엘: 하느님이 하시는 일이니 내가 생각해도 황당한 말씀인데 못 받아들인다고 벌을 내리시겠느냐

나: 글쎄요 하느님도 종종 잘 삐지시던데요. 무슨 심술을 부리실지

가브리엘: 나는 간다 답 안 가지고 왔다고 하느님에게 꾸중 듣겠지만

예수: 머리 좀 아프겠다

나: 主님 언제 오셨습니까?

예수: 언제 오다니 항상 네 옆에 있었는데
나: 다 보고 계셨습니까?
예수: 마리아가 "예" 함으로써 인류 역사에 엄청난 일
　　　이 일어났다 그것은 목숨을 건 응답이었다
　　　너도 덕분에 이런 이상한 詩를 쓰고 있지 않으냐
나: 그럼 "아니요" 해도 괜찮습니까?
예수: "예" 하면 네 삶에 엄청난 일이 일어날 것이다
나: 글쎄요 지금 이대로도 잘살고 있는데요
예수: 나는 낮잠이나 자련다
　　　너 같은 놈 상대하려니 피곤하네

하느님의 벌인가 온몸이 아프고 우울하고
아직 "예" "아니오"도 밝히지 않았는데
즈카르야의 꼴을 당하는 것이 아닌가

성경에 중독된 男子의 악몽

블루 크리스마스

나에게 의심을 품지 않는 이는 행복하다
- 마태오 11:6

작년에 왔던 크리스마스 또 왔으니
속이 몹시 불편하여 타임머신을 타고 예수님에게 간다
세례자 요한도 예수님이 메시아인지
확신을 못 하여 어리석은 질문을 하였으니
어찌 이 세상에 자신이 가짜라고 인정하는 人間이 있
을까
예수님이 그 유명한 해방의 말씀을 하신다

눈먼 이들이 보고
다리 저는 이들이 제대로 걸으며
나병 환자들이 깨끗해지고
귀먹은 이들이 들으며
죽은 이들이 되살아나고
가난한 이들이 복음을 듣는다

감동이 제자들의 얼굴을 할퀴고 지나가는데
나는 벌레 씹은 표정으로 예수님에게 묻는다
주님이 이 말씀을 하신 지 2000년이 지났지만

눈먼 이들은 갈수록 많아지고
제대로 걷는 사람이 드물며
듣도 보도 못한 바이러스들이 창궐하고
사람들은 귀를 막고 다니며
스스로 목숨을 끊는 人間은 도처에
사람들은 뒤틀린 복음을 들으며
교회라는 감옥에 갇혀
해방은커녕 노예 생활을 하고 있습니다

한 45억 년은 기다려야 합니까?
이러니 제가 어찌 당신을 메시아라고 믿을 수 있겠습
니까?
제자들의 얼굴이 찌그러진다
베드로가 험상궂은 얼굴로 앞에 나선다
이놈이 미친놈 아닌가?
2000년 후? 주님 이놈이 마귀가 들린 모양입니다
나는 제자들을 둘러보며 경멸의 어조로 말한다
당신들은 지금 헛물켜고 있거든!
이 사람은 메시아를 가장한 사기꾼이거든
정신 차리고 집으로 돌아들 가시오
요한이 얼굴이 시뻘게지면서 말한다
당신은 주님의 기적을 보고도 이런 말을 하시오?
기적? 이건 그냥 눈속임이요
당신이 따르는 이 사람이 죽으면 모든 것이 끝나는

것이오
나는 먼 미래에서 왔소
내가 다 알고 있단 말이오
제자들의 당황하는 모습을 난 즐기고 있는데
예수님은 눈을 감고 아무 말이 없다
하기는 가짜가 뭘 할 말이 있겠는가

해방의 말씀에 의심을 품는 사람은
이 삐쩍 마른 나뭇가지와 같아 쉽게 꺾어질 것이다
예수님이 하신다는 말씀이 겨우…
반 지성적인 희망의 메시지

예수님이 관운장의 청룡언월도를 들고 온다
드디어 신성모독으로 나를 죽이려는 모양이다
가짜라는 것을 스스로 증명하는 것이 아닌가
내가 죽으면 미래의 나는 어찌 되는지…
조용히 죽음을 기다리며 지나온 내 삶을 돌아보고 있
는데
예수님 내가 묶여 있는 밧줄을 끊으려 한다
내가 묶여 있었는지 몰라 저항하려 하니
네가 너의 의심과 의혹의 족쇄를 풀어주려 하는데
원하지 않는 모양이다
맞습니다 제가 그래도 자칭 지성인인데
주님의 그 황당한 말씀을 믿으라는 말입니까?
2000년 동안 이루어진 적이 없는 말씀에

어찌 희망을 품겠습니까?
이런 말을 믿는 사람은 광신자거나
무식한 사람들이 아닙니까?
지성인이라면 적어도 의문을 가지고 생각하고
따지고 논쟁해야 하지 어떻게 그냥 믿습니까?
그래 네가 이 세상이 변하지 않는다고 그렇게 걱정한
다면
너는 이 세상을 위해 무엇을 하려고 하는가
무슨 계획이라도 있느냐?

내 앞에 巨大한 山이 나타난다.
네 지성으로 이 큰 山을 넘을 수 있겠느냐?
이 山을 왜 넘어야 합니까?
너를 묶고 있는 밧줄을 푸는 것은
이 山을 넘는 것보다 더 어렵다
네 지성이 과연 끈을 풀 수 있겠느냐?
내가 들고 있는 이 칼이 아니라면
너는 무슨 방법이 있느냐?
믿는 것밖에 다른 길이 있느냐?

행동 없는 지성人
미래로 돌아와 보내는
블루 블루 블루 크리스마스

새치기

이는 내가 사랑하는 아들, 내 마음에 드는 아들이다
- 마태오 3:17

나는 예수님이 세례받는 장면을 보려고
요르단 江이 잘 보이는 작은 언덕에 앉았다
(요르단 江 근처에 언덕이 있나? 몰라…)

성경에서처럼 성령이 비둘기 모양으로 내려오고
하느님이 내 사랑하는 아들이다 라고 말씀하실까?
(그런다 한들 내 눈에 보일까…)

줄이 하와를 유혹한 뱀같이 굽이굽이 긴데
거의 맨 끝에 서 있는 예수님이 보인다
(왜 人間이 되어 이런 고생을 하시는지…)

예수님에게 메시아의 징표는 아무것도 없다
종종 하늘을 쳐다보는 것 외에는
(혹시 하늘의 징표가 없을까 봐 걱정하는 듯… 그럴
리가…)

예수님이 내가 앉아있는 곳 옆에 이르러

너도 세례를 받아야 하지 않느냐? 하시니
(구경꾼인 나를 알아보시는 모양…)

예수님은 자신의 앞을 가리키시며
줄이 길다 내 앞에 서라 곧 세례를 받을 수 있을 것이다
(아무리 메시아지만 서슴없이 새치기시키시다니…)

나는 당황해 손을 내저으며
아닙니다 끝에 가서 서겠습니다 새치기를 하란 말입니까?
(새치기한다고 뚜드려 맞으면 예수님이 책임지실지…)

예수님은 미소를 지으시며
기다리다가 그냥 갈까 봐 그런다
(허탕 치는 재주가 있는지 어떻게 아셨을까…)

아닙니다 세례를 받겠습니다
나는 더 길어진 줄 끝으로 간다
(예수님 말대로 나는 그냥 집으로 갈지도…)

예수님 세례를 목격하려던 계획은 이렇게
예수님의 괴상한 사랑의 표현으로 밟혀 으스러진 낙
엽이 되고
(새치기도 마다하시지 않는 예수님의 사랑…)

고백성사를 기다리는 줄에서

새치기한다고 싸우는 신자들
(하긴 고백할 罪가 있어야…)

알았다 예수님은 세례를 받기 위하여
새치기를 시킨 罪를 지으신 것
(생각만 해도 罪라고 말씀하셨으니…)

사막이 된 요르단 江

이는 내가 사랑하는 아들, 내 마음에 드는 아들이다
- 마태오 3:17

나 요르단 江을 지나다가 한 떼의 무리가 있어 보았
더니 요한에게 세례받고 있다 하더이다

독사같이 꾸불꾸불한 긴 줄에 온종일 기다려 요한 앞에
서니 누가 너 같은 罪人이 징벌을 피할 수 있다고 하느
냐? 네 행실은 회개한 자의 행동이 아니다 호통치는 요
한에게 쫓겨서 세례도 못 받고 요르단 江에서 올라오자

하늘이 열리고 성령이 독수리 모양으로 내려오며 하
느님의 소리가 너는 내 사랑하는 아들 내 마음에 드
는 아들이다 네가 원하는 것은 다 받을 것이다 하더
이다

아무것도 보지 못하고 아무것도 듣지 못한 군중 그
들의 경멸의 눈총을 등에 업고 도망치듯 요르단 江을
빠져나오자

진노한 예수

요르단 江의 물을
깡그리 마르게 하시어
사막을 만드니

요르단 江 세례자 요한 기억하는 이 아무도 없어라

꿈을 이룬 男子

*女子에게서 태어난 이들 가운데 요한보다 더 큰 인물은
없다 - 루카 7:28*

당신의 꿈은 무엇입니까?
내 비수에 찔린 듯 멈칫하는 요한

나는 꿈을 이루었습니다 보시오 이 많은 사람을 男女
老少 지위 고하를 막론하고 세례를 받기 위하여 온종
일 기다리는 사람들 이 장사진을 그 어떤 人間이 이런
일을 할 수 있겠소

하지만 당신은 허무하게 女子의 손에 죽지 않았소?
내 꿈을 이루었는데 죽는 것이 어찌 허무하며 어떻게
죽는 것이 무슨 상관이요?
(그렇긴 하다만…)

내가 이 꿈을 잃어버리지 않으려고 내 삶이 얼마나 고
통스러웠는지 모를 것이오 광야에서 메뚜기와 들 꿀
을 먹으면서 고래고래 소리 소리 소리 지르며 메시아
를 기다리는 것이 어찌 人間의 삶이요? 나라고 어찌
사람답게 살고 싶은 욕망이 없었겠소? 하지만 꿈을

39

이루는 것은 이 길밖에 없었소 한 *女子*의 분노와 어
린 *少女*의 춤과 어리석은 *王* 때문에 우습게 죽었지만
꿈을 이룬 값이라고 생각하오 또한 메시아 예수가 나
보고 가장 큰 인물이라고 했으니 엄청난 보상을 받은
것이지요

너의 꿈은 무엇이냐?
예수님의 솜방망이에 멍한 나

나도 人間답게 살고 싶다

예수님께서는 요한에게 세례를 받으시려고 갈릴래아에서
요르단으로 그를 찾아가셨다 - 마태오 3:13

세례자 요한이 된 난 예수님에게 세례를 주려고 기다
리고 있다 죽도록 피곤하다 허구한 날 이 짓을 하는
것도 힘에 부친다 노상 광야에서 메뚜기와 들꿀을 먹
으며 소리소리 외치는 것도 한계에 다른 듯하다 도대
체 메시아는 언제 오느냔 말이다 구시렁대며 대충대
충 세례를 주다가 내 앞에 예수가 섰는데 이 人間은
내 사촌 예수가 아닌가? 네가 웬일이냐? 제가 囚님이
기다리던 메시아입니다 세례를 주십시오 네가 메시아
라고? 네 엄마 마리아가 하느님의 아들을 잉태했다는
황당한 소리를 하더니 너도 닮은 모양이다 몰라 예
수가 사기꾼이건 말건 내가 뭔 상관 세례를 주었더니
하늘이 열리고 성령이 비둘기 모양으로 예수에게 내
리며 하늘에서 하느님의 말씀이 들리니 "이는 내 사랑
하는 아들이다 그의 말을 들어라!" 아! 그러면 예수가
정말 메시아? 그럼 이제 나의 일을 끝났구나 가려는
예수를 붙잡고 묻는다 이제 제 일이 끝났습니까? 조
금 더 기다리십시오 하느님 아버지의 뜻입니다 하느님
의 뜻? 메시아가 왔는데 내가 무슨 일을 더 한단 말인

가? 다리는 오징어 다리처럼 후들거리고 난 방금 마라톤을 완주한 老人처럼 헉헉거린다 세례를 받으려는 사람의 줄은 더 길어지는데 하기가 싫다 나도 사람 아닌가 人間답게 살고 싶다 그래도 메시아를 기다리며 이날까지 죽도록 살았는데 또 얼마나 기다리라고? 그럼 난 뭘 받는데? 역시 나는 예언자의 자질이 없다 메시아를 알아보고 메시아에게 세례를 베풀고 하느님에게서 확증까지 받았는데 무엇이 더 필요한가? 이 世上에서 이보다 더 큰 영광과 가치 있는 일이 있나? 세례자 요한은 이런 생각을 하지 않았을 것이다 이 世上에는 世上 가치를 우습게 버리는 사람들이 있겠지만 그런 사람은 그런 사람이고 나는 나다 감옥에서 한 女人의 분노와 어린 少女의 춤과 어리석은 王 때문에 우습게 죽기 전에 이 망상에서 빠져나가자 예수님은 세례자 요한을 女人이 난 사람 중 가장 큰 者라 했지만 나는 큰 者 필요 없고 그냥 나로 살련다 그래라 누가 너 보고 요한이 되라고 했느냐? 그러나 너도 그만한 일을 할 것이다 이런 이건 또 무슨 날벼락?!

지뢰밭의 세례

교회에서 받은 세례가 식은 죽같이 맛이 없어
믿는다는 내가 아직도 이렇게 헤매고 있는 듯
나도 예수님처럼 세례를 받고 싶어

하늘이 개선門처럼 활짝 열리고
성령이 우람한 독수리가 되어
면류관같이 내 머리에 앉고
하느님이 天地를 진동하는 목소리로
이는 내가 사랑하는 아들이다
그의 말을 들어라
라고 하는 소리를 듣는다

저에게 다시 직접 세례를 주십시오
예수님에게 부탁했더니
나를 지뢰밭에 보낸다 이런
이 지뢰밭을 통과하면 세례를 주리라
취미도 괴상한 예수님
설마 내가 지뢰를 밟아 죽기를 바라시나…

지뢰밭에 조심스럽게 발을 들여놓는데
얼마 가지 못해 뭐가 밟았다 이런
지뢰밭에서 밟으면 지뢰겠지 뭐겠나 하며

꼼짝 못 하고 있는데 몰라
죽으면 죽으리라 죽으리라 하며
가만히 발을 떼는데 이건 뭐여
코를 찌르는 똥 냄새 개똥 무슨 똥
아직 죽지 않아 안도의 숨을 내쉬며 보니
여기저기 똥 똥 똥
여긴 똥 밭 아닌가 예수님도 농담하시나

할렐루야 노래 부르며
향긋한 똥 냄새를 즐기며
똥 밭을 뛰어 건너는데
저 멀리 앉아 식사하고 계시는 주님
아무리 하느님이지만 취미도 요상
똥 밭 옆에서 식사
수고했다 와서 아침을 들어라
세례는 잘 받았느냐
세례라니요 이제 주님이 주셔야지요
내가 주는 세례는 형식일 뿐이다
너는 진짜 세례를 다시 받은 것이다

하늘이 열리기는 고사하고
시커먼 구름으로 답답하게 막혀있고
성령은 주무시는지
참새 한 마리 내 머리에 앉지도 않고
하느님의 목소리는커녕

까마귀 소리조차 못 들었지만
나는 지뢰밭을 무사히 통과하여 살아있고
구린내가 향긋하다는 것을 알았으니
이보다 더한 세례가 어디 있을까

또 세례를 달라고 조르면
아마 DMZ로 보내시지 않을까
소문에 그곳에 지뢰 다 제거했다는데
그래 그러면 가 볼래? 아닙니다 휴…

사탄의 유혹에 넘어간 작은 예수

내가 황야에서 금식을 시작하여
40일이 거의 다 되었을 즈음
사탄이 아름다운 그녀의 모습으로 나타나
불쌍하다는 표정으로 나를

지금까지 견디셨네요 대단해요
그녀의 섹시한 알토의 목소리
배고프죠? 이 돌이 빵이 되게
해달라고 기도해 보세요
하느님이 들어 주실 겁니다
당신은 예수가 아니잖아요?

나는 주저하지 않고
큰 잔칫상을 마련해달라고 기도하니
내 앞에 이제까지 본 적 없는
어마어마한 진수성찬이 놓였다

나는 승리감에 도취해
와서 같이 듭시다 나 혼자 먹기에는 좀 많군요
그녀는 아름다운 얼굴이 일그러지며
당신은 자칭 작은 예수라며
예수의 흉내라도 내야 하는 거 아닌가요?

이게 뭐 하는 짓이에요?
예수가 얼마나 가슴 아파하겠어요?

사탄이 예수를 생각하는 말을 한다니 희한하게 생각
하며
음식을 먹으려 하는데 그녀가 말린다
곧 40일이 돼가는데 조금만 참으세요

그녀는 나를 이 世上에서 제일 높은 건물의 옥상으로
데려가서
차분한 목소리로 여기서 뛰어내려 보세요
하느님이 천사를 시켜서 구해주실 거예요

나는 그녀의 말이 끝나기도 전에 건물에서 뛰어내린다
순간 그녀는 놀라서 같이 뛰어내린다
한참 떨어지고 있는데 그녀가 나를 잡았다

그러고는 히스테리컬한 소리로
아니 당신 미쳤어요? 이러다가 죽으면 어쩌려고?
40일을 굶어서 정신이 나간 것 아니에요?

나는 통쾌한 기분이 되어서
보시오! 하느님이 구해주셨잖아요? 하. 하. 하.

그 아름다운 얼굴에 아주 불쾌한 표정을 지으며

그녀는 내 목덜미를 잡고는 어디론가 끌고 간다
나는 그녀의 얼굴은 여전히 아름답다고 생각하고

그녀는 나를 우주 정거장으로 데려가 지구를 내려다
보며
자 보세요. 저 世上이 다 내 것이거든요
나한테 무릎을 꿇으면 이 世上을 다 당신한테 줄 겁
니다

나는 기다렸다는 듯이 무릎을 꿇었다
그러고는 더 나아가 큰절을 하며
당신은 저의 主人이십니다 하고 말했다

그녀는 얼굴에 황당하다는 표정을 지으며 신경질을
내며
당신 40일 금식 헛했군요 어떻게 내가 당신의 主人이
에요?
당신의 主人은 예수 그리스도 아니던가요?

그녀는 새빨간 불기둥으로 변하며 사라져 버린다

나는 이렇게 사탄의 유혹에 넘어갔지만
40일 금식을 무사히 마쳤으며
건물에서 떨어져 죽지도 않았고
사탄을 主人으로 섬기지도 않았다

유혹에 넘어가 준 것을 감사하는 그녀
그래 神이 될 수 없는 피조물 사탄
神인 내가 좀 넘어가 주면 어때…

2장

우물가에
홀로 핀 꽃

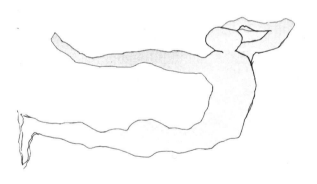

우물가에 핀 꽃

詩人은
왜 꽃들이 우물가에 피는지
궁금해
마치 형사가 잠복하듯이
사마리아 우물 근처 잡목에
숨어 기다린다

졸다가 소리에 놀라 깨어보니
뜨거운 태양이 내리쬐는데
한 男子가 꽃향기를 맡으며 두리번두리번
저분은 主님이시다!
아니면 그냥 나비일까?

무척 목이 말랐던 主님
먼 길을 걸어
꽃이 피어있는 우물가까지
보고도 모른 척하는 예수님
詩人도 꽃이 되어야 하나

이제 알았다
왜 꽃들이 우물가에 피어나는지
왜 하느님이 나비가 되었는지
왜 예수님은 항상 목이 마른 지
왜 詩人은 숨어있는지

잡목에서 몰래 나와
꽃들 속에 숨은 詩人
흠… 이렇게 향기로운 꽃이
이제야 찾았구나
저 아닙니다! 꿈꾸는 詩人

女人의 고운 손

밤새도록 잡은 물고기 다 팔고
휘파람 불며 그물을 손질하고 있다
내 삶은 파란 하늘을 닮은 듯한데
예수라는 사람 슬그머니 다가와
나를 따르라
사람 낚는 어부가 되게 하겠다
먹구름 같은 소리를 하니
나 돌멩이 하나 던진다
선생님 명성은 들어서 알지만 사람을 낚아서 뭐 하게요?
예수 잔잔한 호수 같은 눈은 나를 향하고
나는 모래를 발로 차며
이 세상에 사람이 좀 많습니까? 왜 하필 나 같은 놈
을…
예수 여전히 말이 없지만
따르라면 따를 것이지 건방진 놈?
내 제자가 되는 것이 어떤 것인지 모르는 불쌍한 놈?
예수와 나의 대치에 世上은 꽁꽁 얼어붙었다
모든 사람은 일을 멈추고

조금은 걱정하며
조금은 흥미진진하게
이 재미없는 드라마를 보고 있다
선생님 그냥 가시지요 하고 싶으나
이는 생각뿐
나와 예수는 얼음기둥이 되어 마주 보고
석양이 갈릴래아 호수에 찾아오니
예수 나에게 손을 내민다
나는 얼떨결에 예수 손을 잡으니
예수는 목수라고 들었는데
손은 어찌 곱게 자란 女人의 손 같으니
네가 고운 손을 원하니 나의 손은 곱다
내 초대에 응해 주어서 고맙다
네 소원을 모든 들어주겠다
내가 초대에 응했나?
그냥 손을 잡았을 뿐
내 모든 소원을 들어주겠다고
무슨 대가를 요구하려고…
갈릴래아 호수에 밤이 내려온다
이제 또 고기 잡으러 가야 하는데
이 사람을 따라가면…
내가 원하는 것
매일 물고기로 가득 채워지는 그물
그물을 손질하는 나의 꺼칠한 손

시시한 악몽

예수가 열두 사도를 뽑을 때

나 그곳에 있었지

내 이름 예수의 입에서 튀어나올까 두려워 숨을 죽이
고 관음증 환자처럼 나무 뒤에 숨어 보고 있었지 열
두 명의 얼굴에 내 얼굴이 안 보이자 고래의 배 속에
서 빠져나온 요나처럼 안도의 한숨을 쉬는 나

예수가 일흔 두 제자를 파견할 때

나 그곳에 있었지

잔잔한 갈릴래아 바다처럼 편안한 마음으로 보고 있
었지 예수의 강복을 받고 신나서 떠나는 그들 틈에
내 뒷모습은 없었지 내 눈은 허공을 향하고 내 입술
은 곧 떨어질 낙엽이 되어 떨리고

바오로 사도가 예수를 만날 때

나 그곳에 있었지

나에게 보이는 건 우울한 하늘뿐 나에게 들리는 건
가느다란 바람 소리 땅에서 뒹구는 바오로 사도를 보
며 女친을 빼앗긴 男子처럼 땅을 치는 나

나를 따를 자는 앞으로 나오라
예수의 목소리가 들리는 곳에

나 있었지

예수 앞에 나와 서 있는 수많은 사람 중에 나 보이지
않았지 발이 땅에 붙어 움직이지 않고 世上의 부귀영
화를 포기한 수도자처럼 눈을 감고 있는 나는

나 눈을 떠보니 예수가 미소를 지으며 지나가고 있었
지 그 미소는 나에게 주는 것이었을까
예수를 따르는 무리를 지척지척 따라가고 있는 나 나 나

빈 가방

예수를 따르려면 모든 것을 버려야 한다고
그러나 나는 큰 가방 하나를 끌고
제자들과 世上의 가십을 나누고 있는 예수에게 간다
主님을 따르고 싶습니다
낄낄거리는 제자들
미친놈 가방을 끌고 다니며 主님을 따르겠다고?
우리 같이 다 버려도 힘든 일인데
예수의 제자들이라는 人間들하고는 결코 친구가 될
수 없겠다
베드로가 벌레 씹은 얼굴로 달려와 가방을 난폭하게
연다
뭘 이렇게 많이 가지고 다니는지 보자 어!
아무것도 없잖아! 빈 가방이네
빈 가방? 내가 텅 빈 가방을 끌고 다녔단 말인가?
제자들이 웅성거리는데 예수 재미있다는 듯 웃으며
그래 네 가방을 무엇으로 채울지 두고 보겠다
나를 따르라
그래 예수 같은 사람이
어찌 저런 무식한 제자들을 끌고 다니는지 신비다
하기는 나 같은 놈을 따라오라고 하시니 더욱더 신비다
하긴 예수도 제자도 가방은 필요하니까…

예수의 발치에서 졸고 있는 것이 나을 듯

나는 빵과 물고기를 기다리며 앉아있다
배는 고픈데 왜 이리 먹을 건 안 오나
누가 나를 부른다 저 예수라는 사람이
넌 뭐 하고 있느냐? 일손이 부족한데
나는 주저하며 일어나 앞으로 나간다
예수가 주는 빵과 물고기를 받는다
이 양으로는 몇 명만 주면 되겠다
빨리 줘 버리고 집에 가 쉬어야겠다
그러나 내 이 야무진 꿈은 허망하게
줘도 줘도 줄지 않는 빵과 물고기
이래서야 이 일이 언제 끝나겠는가
먹을 것을 달라고 몰리는 사람들에게
나는 무엇인가 내게 이런 은사가 있었다니
이 일이 재미있고 내 목은 뻣뻣해지고
나는 빵과 물고기를 가지고 군중에서
떨어져 멀리 간다 따라오는 사람들
사이비 종교 교주의 꿈이 이루어지는
순간 빵과 물고기는 다 떨어지고
멀리서 식식거리며 달려오는 베드로
야! 너 여기서 뭐 하고 있냐?!
성질 고약한 베드로는 나를 질질 끌고
예수님 앞에 무릎 꿇린다

너는 여기서 꼼작 말고 있거라
이렇게 나는 마리아같이 예수님의 발치에

나 같은 人間이 하늘에 기록되나니

너희 이름이 하늘에 기록된 것을 기뻐하여라
- 루카 10:20

나는 예수님이 72 제자들을 파견하는 것을 구경하고
있다
제자들을 다 파견하시고 예수님은 멍청이 서 있는 나
를 본다

예수: 너도 파견되고 싶으냐?
나: 아닙니다…

나는 그 자리를 빠져나와 제자들을 따라다니며 그들
의 행동을 관찰한다
제자들이 다 돌아와 보고가 끝나자 나는 예수님에게
고자질한다

나: 주님, 제자들이 주님이 하라는 대로 하지 않았습
   니다
   누구는 병을 고쳐주고 돈을 받고
   누구는 女子도 취했습니다
예수: 그래? 누가 너보고 제자들을 감시하라고 시켰

느냐?

그래서 어쩌란 말이냐?

나: 저 사람들은 참 제자가 아닙니다

어찌 하늘에 저들의 이름이 기록될 수가 있습니까?

예수: 너에게 권능을 주고 파견할 터이니 한번 해 보

아라

혼자 가거라

나는 동네를 돌아다니며 기적을 일으키고 돌아와 예
수님 앞에 섰다

예수: 그래 어떻더냐?

나: 저는 주님을 욕되게 했습니다

예수: 너의 이름이 하늘에 기록될 것이다

나: 어찌 저 같은 위선자의 이름을 올리십니까?

저를 내치십시오!

베드로가 나를 쿡쿡 찌른다

베드로: 난 네가 뭔 짓을 했는지 알거든···

天國에 내 이름이 이런 人間들과 나란히 기록되다니

이렇게 이루어진 텅 빈 말씀

오늘 이 성경 말씀이 너희가 듣는 가운데에서 이루어졌다
- 루카 4:21

黃金빛으로 번쩍이고 있는 두루마리
그 黃金을 들고 있는 부들부들 떠는 내 손
두루마리를 정중하게 받은 예수
아주 천천히 두루마리를 펼치는 예수
장중하게 선포된 희년
나에게 향하는 예수의 빛나는 눈
"네가 무슨 생각을 하는지 안다
너는 네 부모님 사진을 함부로 다루겠느냐"
조심스럽게 나에게 두루마리를 주는 예수
정중을 가장하며 받는 나
따스한 두루마리
가벼우면서도 묵직한 두루마리
"와서 말씀을 선포하여라"
무대에 올라와서 두루마리를 펼치는 나
아무것도 쓰여있지 않은 하얀 두루마리
내 뒤통수에 대고 이야기하는 예수
"네 머리가 이렇게 텅 비어있으면
두루마리는 말씀으로 꽉 찰 것이다"

무대에 서 있는 장승
하나둘 씩 회당을 나가는 사람들
예수와 함께 나가는 제자들
두루마리와 단둘이 혼자가 되어있는 나
텅 비어있는 말씀

눈뜬장님이 진짜 장님이 되어

그는 예수님을 따라 길을 나섰다 - 마르코 10:52

저에게 자비를 베풀어 주십시오!
내가 소리 지른 것은 눈을 뜨고 싶어서가 아니었다
예수라는 사람을 시험해 보고 싶어서
정말 예언자라면 내가 어떤 人間인지 알아서
기적은커녕 거들떠보지도 않을 텐데
그러나 예수는 정말 내 눈을 뜨게 해 주었다
이 사람이 보통 사람은 아닌 것 같은데
내가 어떤 人間인지 몰랐단 말인가?
나라면 장님으로 살아라 하고 버려두었을 것
하지만
내가 이 나이에 눈을 떠봐야 뭘 하겠는가?
구걸 밖에 할 줄 아는 것이 없는데
이제는 눈을 떴으니 구걸조차 쉽지 않을 듯
눈을 다시 멀게 해주랴?
내 생각을 읽은 예수 꽃밭을 그냥
지나치지 못하는 플레이보이처럼 한 마디
아닙니다 아닙니다
아무리 그래도 깜깜한 세상으로 돌아갈 수는 없으니
선생님을 따라다녀도 되겠습니까?

그러려무나
제자들의 구시렁구시렁 소리를 들으며
나는 새 삶을 시작했지만
제자들의 학대에 자못 괴롭다
이 거지 새끼 구걸이나 하지 왜 따라와?!
종종 뚜드려 맞기도 하고
가까이 오지도 못하게 해서
맨 뒤에서 따라가고
먹을 때도 혼자 앉아 거지같이 먹는다
사실 예수와 제자들도 거지나 다름없는데
나보고 거지라니
이 모든 제자의 행패를 알면서도
모르는 척하며 말리지 않는 예수
나에게 눈길조차 주지 않는 예수
도대체 이 예수라는 사람은
왜 내 눈을 뜨게 해서
이렇게 수모를 당하게 하나
왜 나를 따라오게 내버려 두나
하지만 갈 곳이 없으니
그래도 먹을 것은 주니
따라가는 수밖에
따라가는 수밖에

그러던 어느 날 갑자기
내 마음에 밀려드는 행복감

하나도 변한 것은 없는데
제자들의 학대
예수의 무관심은 여전한데
나는 행복해졌다
이것이 무슨 조화란 말인가
이제야 나는 눈을 뜬 것 같다
눈을 떠 넌 장님이 아니거든!
예수의 이 말이 이제야 생각난다
눈을 뜨나 감으나
보지 못하는 눈뜬장님에서
눈을 뜨나 감으나
볼 수 있는
눈으로 보려 하지 않는
진짜 장님으로 변화된 것이
기적이 아니겠는가

그래서요?
뭐가 보이시나요?

바람에 날리는 텅 빈 마음

내가 너에게 무엇을 해 주기를 바라느냐?
- 마르코 10:51

예수님은 지나가시다 내 앞에 멈추어 선다

절규하고 싶으냐?
전 장님도 아니고 거지도 아닙니다

그런데 왜 똥 마려운 강아지가 되었느냐?
제가 절규한다면 사람들에게 돌을 맞을 것입니다

저 장님 거지는 사람들에게 축복받는 줄 아느냐?
그래도 이해나 동정은 하겠지요

너는 사람들의 이해가 네 삶보다 더 중요하냐?
저는 잘살고 있으니까요

잘살고 있는데 왜 불안해하느냐?
글쎄요 욕심이라고 불러도 되겠습니다

절규를 못 해서 화병에 죽는 것보다 욕심을 부리더라
도 사는 길을 찾아야 하지 않을까?
저 보다 못사는 사람들도 많은데요…

이 세상에서 제일 못사는 사람이 되고 싶으냐?
그럴 리가요 그 건 아닙니다만…

너보다 잘사는 사람도 많을 것 아니냐
물론 그렇겠지요

그 사람들같이 멋있게 살아보고 싶지 않으냐?
그러면 좋겠지만 욕심 같아서…

텅 빈 그릇을 채우려는 것은 욕심이 아니다
제 그릇은 텅 비어있지는 않습니다

그런데 네 마음은 왜 바람에 날리고 있느냐?
텅 비어서 가벼운 모양입니다

채워달라고 절규해야 하지 않느냐?
쪽팔릴 것 같아서…

쪽이 네 삶보다 더 중요하냐?
男子들에게는 쪽이 더 중요합니다

너는 쪽을 팔려 가면서 네 삶을 지킨 적이 있다
그때는 절박했습니다

王이 되지 못한 王子는 항상 목숨이 위험하다
主님도 사극을 너무 많이 보신 모양입니다

예수님 가시던 길을 가신다

나의 예수

왜 겁을 내느냐? 이 믿음이 약한 자들아!
- 마태오 8:26

폭풍우 속에서 잠자던 예수는 깨우는 제자들에게 신
경질을 낸다
너희들은 漁夫 아니냐 이 호수에서 잔뼈가 굵은 人間
들이
요만한 풍랑에 곤히 자는 나를 깨우다니!
이 예수는 나의 예수는 아니다

요동치는 뱃속에서 잠자던 예수는 깨우는 제자들을
격려한다
진작 깨우지 않았느냐 우리 같이 이 풍랑을 헤쳐나가자
나하고 함께면 못 할 일이 있겠느냐!
이 예수도 나의 예수가 아니다

아수라장 속에서 잠자던 예수는 깨우는 제자들을 꾸
짖는다
너희는 아직도 내가 누군지 모르느냐?
말 잘 듣는 강아지같이 얌전해진 호수
썩어가는 古木의 뿌리를 뽑아 버리는 예수

이 예수가 바로 나의 예수

나는 앞으로 이런 예수만 만나리라
내 없는 재주로 낑낑대지 않으리라
바쁜 예수를 귀찮게 하지 않으리라
그냥 예수의 이름만 부르리라

흠…
뭐가?
글쎄요
잔잔한 물 위에서 출렁이는 배

내 손을 잡아 일으킨 예수

네 믿음이 너를 구원하였다 - 마르코 5:34

예수님의 옷자락을 만져 볼까
지푸라기라도 붙잡으려는 女人을 따라
양파 껍질같이 쌓인 군중을 헤치고
平生 터널 속에 산 그녀에게 비하면
내 간절함은 장난감일지도 그러나
너무 높이 계신 하느님에게는
다 같은 스러질 피조물이기를

누가 내 옷에 손을 대었느냐?
예수님의 군중에 지친 목소리에
내 심장은 겨자씨만 해져 숨이 막히는데
병이 난 듯 두려워 떠는 女人
조그마한 기쁨 하나 갖고 싶어
쪽팔림을 무릅쓰고 女子를 따라왔는데

내 눈앞에 고운 손 하나가
일어나라 예수님의 목소리인 듯
너의 작은 소원을 내가 모른 척하겠느냐?
나는 예수님의 손을 잡고 일어나니

옷이라도 몰래 만져보려던 나
예수님의 손을 잡았으니 이 무슨 행운?!

비록 베드로에게 똥개같이 얻어맞고
유다에게 똥거름 같은 욕설을 들었으나
무식한 제자들 무슨 상관이랴
예수님이 내 손을 잡았는데
내 작은 욕심도 귀담아들으시고
이런 詩詩한 詩도 쓰게 허락하신
바로 내 옆에 내려온 하느님

짝 잃은 신발

저희에게 자비를 베풀어 주십시오 - 루카 17:13

病일지도 모르고 罪라고도 볼 수 있는
아주 아주 몹시 나쁜 버릇을 질질 끌고
문둥병자를 고치는 예수님에게 간다
혹시 예수님이 자비를 베풀어
이 고질病을 고쳐주실지도

예수님과 나와의 두 시간의 눈싸움

짝없는 신발 하나
툇마루 밑에 가지런히 놓인 신발 신발 신발
한 짝이 어디 갔지? 열심히 찾는다

네가 나병 환자들의 고통을 아느냐?
짝 잃은 신발 차 버리고 다른 신발 신으면 될 것을 신
발도 많구먼
사치스러운 病 사치스러운 罪

울부짖은 사람들의 소리가 들리지 않느냐?
가라고 손짓하는 예수님

신발을 고르는 나
그러나 신발 한 짝을 어찌 버릴 수 있으랴

큰 일

길에 있는 작은 돌멩이
그 돌을 치우는 등이 조금 서럽다
작은 돌멩이에 잘 넘어지는
자신의 삶을 젖소처럼 되새김하며
항우나 들만한 바위를 치우는
꿈을 꾸고 있는지도

옆에서 같이 돌을 치우는
예수님이 안 보이는지
종종 하늘에 작은 한숨을 올려보내는
아주 작은 사람

바다가 열리는 기적을 잊지 않고
수십 年을 버티어 오다
시골 작은 오솔길에서
돌을 치우며
하느님의 은총을 담뿍 받고있는
아주 큰 사람

둥지를 찢으며

비 눈을 막아주던 지붕을
뜯어버리고

바람을 막아주고
나를 감추어주던 벽을
헐어버린다

이제 門과 창門은
그저 옛 기억의 상징으로
간신히 서 있다

이제야
노고단의 촘촘한 별빛 속에
냉정한 눈 속에서 지친 몸 던져
벌레가 우글거리는 숲속에서
편히 잠들고
눈 비 바람 그냥 맞으며
사는 것 같이 살겠다

저 바위 위에서
곤히 자는 사람은
예수님인 듯…

양복 입은 예수

예수라고 하면 통으로 된 허름한 옷을 걸치고
맨발이나 다름없이 낡은 샌들을 신은
수염의 더부룩한 노숙자를 상상하고 있었는데
이 예수가 말끔한 양복을 입고 어울리는 넥타이와
반짝이는 새 구두를 신고 면도를 깨끗이 한 얼굴로
내 앞에 서 있다 이 사람은 누구인가

아마도 사람들 앞의 내 모습일지도 모르겠다
머릿속에는 온갖 잡새가 날아들어도
혼자 암자에서 도를 닦는 도사같이
어깨에 독수리의 黃金 날개를 붙이고
무엇인가 줄 듯이 텅 빈 주머니를 뒤지며

예수는 양복을 입은 적이 없는데
사람들은 양복을 입히고 십자가에 다이아를 박고
그저 하느님에게 가는 계단에 불과한 허름한 예수를
종착역으로 만들어 멋진 동상을 세운다

나에게 아무것도 달라고 하지 않는 사람들에게
아름다운 詩를 읊어주고 멋진 노래를 불러준다
온종일 감추고 싶은 판타지로 머리를 채우던
구름 속의 암자 사진을 보내어 나를 신비로 감싸고

맞아 예수도 때로는 신나게 먹고 마시고 하지 않았나
빌라도가 걸친 비단옷을 입고 싶었을지도
그래서 십자가에서 웃고 있는 예수 그림이 유행하는
지도
영화배우 같은 예수의 모습이 난무하는지도

사람들은 나에게 예수 같은 모습을 원할지도 모르겠다
노숙자 예수가 아닌 양복 입은 예수를
자신을 人間으로 착각하는 로봇같이
그녀들에게 내 텅 빈 머리를 보여주어 실망시킬 필요는
예수도 품위를 유지하기 위하여 부자 친구를 두었듯이
나에게 王이 타던 중고 가마를 주시는 하느님

안개 속의 예수

쟁기에 손을 대고 뒤를 돌아보는 자는 하느님 나라에 합
당하지 않다 - 루카 9:62

나를 따르라
내 팔을 잡는 예수님 손을 가만히 놓으며
그래도 식구들에게 인사는 해야지요
그냥 이대로 세상을 등질 수는 없지 않습니까?
죽은 자의 장사는 죽은 자들에게 맡겨라
쟁기를 잡고 뒤를 돌아보는 자는 하느님 나라에 적합
하지 않다
참으로 몰인정하고 잔인하십니다
마치 구약의 하느님을 보는 듯합니다
그 아버지에 그 아들입니까?
부모의 장례도 치르지 못하게 하시고
사람들에게 작별 인사도 못 하게 하시니
엘리야도 엘리사를 부를 때
마을 사람들에게 작별 인사를 허용했는데
인간보다도 못한 하느님인가요
이런 하느님이 정말 하느님이라면
제가 뭔가 잘못 믿는 것 같군요
어쨌든 여기 꼼짝 말고 계십시오

마지막 인사는 하는 것이 人間의 도리 같군요
사랑하는 女人에게 이별의 키스를 하고 오니
안개가 잔뜩 끼어있다
내 손을 잡았던 예수님은 어디 있단 말인가?
안개 속에 사람의 모습이 여기저기 보이는데
누가 예수님인지 알 수가 없다
한 사람을 잡고 예수님이 어디 있나요 물어보니
예수? 그게 뭔데?
또 한 삶을 잡고 물어보니
예수? 요새도 예수라는 사람을 찾는 人間도 있나?
이런 제기랄
왜 갑자기 이렇게 짙은 안개가
예수님의 손을 놓지 말았어야 했나?
이것이 내 가벼운 반항에 대한 예수님의 답이라면
내가 알던 예수님이 진짜 예수인지 아닌지
몰라 이건 악몽일 것이다
깨부수어야 할 꿈일 것이다
꿈이 아니라면 그냥 돌아갈 수밖에
작별의 키스를 한 그녀에게 돌아오니
벌써 다른 男子와 열렬한 키스를 하고 있다
이런… 人生
그래 예수님의 손을 놓지 말았어야
왜 그런 살벌한 말씀을 하셨는지 알겠다
주님도 잃고 女子도 잃고
이 세상을 더 살아야 할 이유가 없는 듯

눈을 떠 보니
꿈을 깬 것인지 부활을 한 것이지
예수님은 내 손을 아직도 잡고 있고
다른 손은 그녀의 손을 잡고 있다
주님도 잃지 않고 그녀도 잃지 않았으니
아마도 꿈일 것이다
내가 아는 하느님은
이렇게 자비하시지 않으니까
꿈이면 어때?
깨지 않으면 될 것을

저 사람이 예수인가 나인가?

非人間 적인 돌밭에 겨자씨를 수백 개 뿌렸다

요나가 니네베가 멸망하기를 기다리며 내려다보듯이

돌들이 부서지며 겨자씨가 싹이 나기를 초조하게

그 싹이 큰 나무가 되어 새들의 재잘재잘 가십처가 되고

더위에 지친 구미호에게 그늘을 만들어준다면 좋겠고

가지마다 가지마다 내 이름이 주렁주렁 걸려있으면

그러나 싹이 나기도 전에 배고픈 두더지의 밥이 되고

어떤 씨는 그냥 썩어 흙을 기름지게 할 수도 있겠다

그래 꼭 큰 나무가 되는 것이 씨가 할 일은 아닌 듯

그래도 몇몇은 조그만 나무라도 되어야 하지 않을지

그러나 겨자씨만 한 믿음도 없는 人間이 어찌 山을 옮기랴

마음이 가시밭을 헤매는데 어찌 돌밭에서 숲을 만들랴

좋은 말이지만 왜 믿음이 필요한지 나도 몰라 꾸벅꾸벅

졸다가 깨보니 예수님같이 생긴 사람이 밭을 갈고 있네

돌밭을 트랙터로 갈아엎는데 겨자씨가 상하지 않을지

씨가 너무 작아 관계없거든 근데 당신은 누구신가요?

왜 남에 밭에서 이 밭이 네 것이냐 그럼 누구 밭? 人生

밭을 골라놨으니 새 씨를 뿌리면 뭔가 나올지 모르겠다

나올지 모르겠다? 이 사람이 예수님은 아닌 듯하다
글쎄

그러면 누구? 나하고 비슷하게 생기긴 했는데 그러면 나?

어느새 나인지 예수님인지 모를 人間은 트랙터 몰고
가버리고

나는 나 혼자 남아 어둑어둑한 밭에서 싹이 비틀며
나오기를

기다리는데 저 밭 끝에서 뭐가 움직이는 것이 보이는
데

들개 여우 늑대 호랑이 같은 배고픈 짐승들이 나오는
싹을

싹둑싹둑 잘라 먹고 있는지도 그래 먹어라 먹어 먹고
살아야지

고기가 없으니 풀이라도 먹고 살아야 저 호랑이가 혹
시 나?

몰라 씨나 또 얻으러 가야겠다 뿌리고 뿌리고 또 뿌
리면…

고양이를 살리신 예수님

예수님에게 병 고침을 받으려고
사람들이 장사진을 이루고 있다
예수라는 사람이 정말 하느님의 아들이라면
그냥 말 한마디로 모든 사람을 고치면 될 것을
사람들을 뙤약볕에 몇 시간씩 기다리게 하고
혹시 그 많은 사기 예언자 중 하나가 아닐까
그래도 혹시 하며
나는 죽어가는 고양이를 안고 긴 줄 뒤에 선다
나도 기다리기 힘들긴 하지만
내 고양이를 살리기 위해 뭔 짓을 못하랴
예수님이 바로 저 앞에 보이는데
갑자기 험상궂게 생긴 베드로라는 人間이 나타나
고양이는 왜 데리고 다니는 거요
집에 두고 다시 오시오
사실은 이 고양이가 죽어가서
사기꾼같이 생긴 유다가 달려오더니
지금 이 많은 사람이 기다리고 있는 거 안 보여!
어찌 동물을 살려달라고 오다니
다른 제자들은 합세하여 나를 밀어내려 한다
졸지에 줄은 아수라장이 되었는데
시끄러운 소리에 예수님이 거슬렸는지
뭔 일이냐 왜 이리 소란이냐!

베드로가 달려가 자초지종을 이야기하고 돌아와
예수님이 부르시니 가 보시오
나는 많은 사람을 제치고 예수님 앞에 선다
그래 네 고양이가 죽어간다고
네 간절한 믿음이 네 고양이를 살렸다
돌아가서 네 믿음대로 살아라
그러고는 사람들에게 말씀하시니
이 사람같이 어린아이가 되지 못하면 결코 구원받지
못하리라
나보고 어린아이라니 하지만
이 사람은 하느님의 아들이 분명하다
그런데 어찌 저런 허접스러운 人間들을 제자로 불렀
는지
요즘 교회가 흔들흔들하는 것이 이상하지 않네
고양이를 살려주신 은혜를 받고도 이런 소리하니
나도 저 후줄근한 제자들과 무엇이 다르랴

아름다운 욕심

내가 욕심을 부리고 있구나
회개하려고 할 때

그건 山을 오르는 고통이라고
예수님은 표현하신다
이분도 詩人인 모양이다
쓰레기를 슬쩍 꽃으로 덮으시니

저 높은 山을 왜 오르려 하는지
大罪인 탐욕을 부리니 고통스럽지

해야 할 일을 하는 어찌 罪?
세뇌가 확실히 되었구나 라고
주님은 말씀하시니 이거 또
무슨 妄言이신지

山에 오르는 것이 내가 할 일?
몰라 여기 있으면 편한데

네가 정말 罪人이고 싶으냐?
진노하실 것 같은 예수님
무슨 그만 일에 열 받으시고

그냥 꼭대기에 올려 주시면…

헬기 소리가 들린다
성질도 급하셔라
헬기에서 내리시는 예수님

헬기는 가버리고…
같이 올라가자 재미있겠다
이 들꽃들이 얼마나 아름다우냐

하지만 네 욕심은 이 꽃들보다
훨씬 더 아름다워야 하느니…

욕심이라는 이름의 그릇

나는 희망이라는 이름의 그릇을
주님의 발 앞에 놓는다

팔 아프게 여기까지 들고 왔습니다 가득 채워 주십시오

주님은 그릇에 무엇인가 넣고 있다
그러나 그릇은 채워지지 않는다

주님 뭐하십니까? 그릇이 비어 있습니다
제가 너무 큰 그릇을 가져 왔나요?
그릇이 제아무리 커도 주님이 못 채우시겠습니까?

베드로가 인상 쓰며 와서 그릇을 들어 본다

이 그릇에는 바닥이 없다 얼빠진 놈
이 그릇은 욕심이라고 부른다

나는 주님에게 소리 지른다

이 그릇은 주님이 주신 것 아닙니까?
제가 이 그릇에 구멍을 냈단 말입니까?
이 그릇을 희망이라고 하시지 않으셨나요?

베드로는 아우성치는 나를 끌고 나간다
질질 끌려 나가면서 나는 바락바락 외친다

그릇이 가득 차면 당신을 멀리할까 봐 바닥이 없이
만드셨군요
그러고는 욕심부린다고 罪人을 만드셨군요
한 번도 가득 채워진 그릇을 가져 보지도 못하고
채워달라고 平生 주님만 따라다녔군요
주님을 놓치지 않는 그릇이니 희망이라고 하셨나요?

주님은 한마디 말도 없이 표정도 없이 보고만 있다
나는 베드로에게 복부를 발길로 차이고 어기적 어기적
기어가면서 밑빠진 그릇을 찾는다

모래성을 쌓는 예수

찬 파도가 넘실거리는
겨울 바닷가에서
모래성을 쌓는 예수님

主님답지 않게
발길 한 번에 무너질
모래성이라니

이 세상은 모래
그 어떤 집이
하느님의 진노를 견디랴

벽을 더듬으며
개구멍을 찾던 나
하느님을 닮았으니

그냥 밀어 버리고
모래밭이 된 벽을
꽉꽉 밟으며 나가리라

예수를 모르는 예수

그에 관하여 전해 들은 적 없는 자들이 보고 그의 소문
을 들어본 적 없는 자들이 깨달으리라 - 로마 15:21

예수에 관해 들어본 적이 없는 사람이
예수를 만나고 예수를 보고
예수의 소문을 들어본 적이 없는 사람이
예수가 말한 진리를 깨닫는다

예수의 이름을 입에 달고 다니는 사람이
예수를 만난 적도 없고
예수에 대해 수십 년 동안 들어온 사람이
예수가 말한 진리가 무엇인지 관심도 없다

나 또한 너를 사랑한다 라는 달콤한 말에 속아
정체불명의 예수를 따라왔으니
저 앞에 가는 人間인지 神인지 도대체 누구인가
나를 바라보는 짐승인지 로봇인지 도대체 무엇인가

예수를 만나면 예수를 죽이라 하였으니
저 예수를 십자가 못 박아 없애버리고
내 이름을 예수로 바꾸면
女人들이 내 주위에 구름같이 모이리라

예수가 누구요? 진리가 뭐요?
예수를 모르는 예수인 척하니
나 또한 죽임을 당해야 할
예수를 모르는 예수

오아시스

언제부터
죽은 者들도 쉬지 못하는 世上이 되었는지
언제부터라기보다 항상 이래왔지
世上은 사막이라
그래서 지친 낙타 위에서
모래 폭풍을 맞아가며
오아시스를 찾아다니는 것이 人生
그러나 예수님은 야속하게도
보이지 않는 오아시스가 이미
와 있다고 하니 무슨 말씀인지
내 머릿속에 신기루라도 만들어야 하는지
지금 이 자리에 오아시스를
내가 만들라는 말씀이신지
비라도 내려주시던가
풀씨라도 날려주시던가
이러시든가 저러시든가
그저 말씀 말씀뿐인 예수님
몰라 그래도 베드로가
깊은 곳에 그물을 던졌듯이
내 발밑 모래를 파 볼까
파도 파도 나오지 않는 물

조금 더 좀 더 깊이 파보라는
여전히 말씀뿐인 예수님
내 은총을 담기에 너무 작지 않니?
말씀은 항상 그럴 듯 하니
조금 더 파볼까

3장

결혼 파티에
초대받은 詩人

예수님 돈주머니 속의 黃金

나: 주님 저를 부르셨습니까?

예수: 네 이름이 무엇이냐?

(나: 내 이름을 부른 적이 없구나. 실망했지만 사실은 기쁜데… 휴…)

예수: 너희들 중에 누가 이 사람을 부른 적 있느냐?
　　　 이 사람 매우 진지해 보인다.

베드로: 주님 맞습니다. 매우 심각해 보입니다만 처음
　　　 보는 사람입니다.
　　　 저런 사람이 처음이 아닌데, 그냥 무시하십시오.

유다: 미친놈인 모양입니다. 동전 몇 잎 주어 쫓아내십
　　　시오.

요한: 환청을 듣는 모양입니다. 주님 저 사람을 치유
　　　해 주십시오.

예수: 유다야 돈주머니를 가지고 오너라.

(유다: 아니 정말 동전을 주려고 그러시나… 그냥 한
말이었는데…)

예수: 이거 보게 난 네가 누군지 모르니 너를 불렀을
　　　리가 없지만
　　　네가 진지해 보이니 이 黃金 동전을 주겠다.
　　　가지고 가서 행복하게 살게나.

(제자들: 아니 저 黃金 동전은 아무도 가져 보지 못하
는 것인데 저 人間한테 주다니.)

(유다: 돈주머니에 저런 黃金이 있었다니… 나도 모르
는… 어디서 났을까…)

(나: 내가 기뻐해야 하나?! 그래야지.)

나: 주님 이것이 꿈이라면 현실이 되게 해 주십시오.

　　이것이 끝이 아니라는 것을 압니다.

(예수: 네가 이것이 끝이 아니라고 생각한다면 끝이
아닐 것이다.)

(나: 내가 정말 환청을 듣는 모양이다.)

나: 제자들 쫓아오기 전에 빨리 이곳을 벗어나야지…

하얀 구름

나는 맑은 하늘의 하얀 구름을 보며 길을 가다가
예수님과 제자들이 담소를 나누는 곳으로 향한다.
소문에 듣던 회개 구원 같은 심각한 이야기는 아닌
듯하다.

퉁명스러운 베드로: 무슨 일로 오셨나?
주저하는 나: 주님께 질문이 있어서요…
거만한 베드로: 主님은 지금 좀 바쁘신데…다음에 오
　　　　　　　시오.
더욱 주저하는 나: 제가 길을 가던 중이라서요…
나를 아래 뒤로 훑어본 베드로; 가던 길을 그냥 가도
되는데…

예수: 나에게 할 말이 있느냐?
간신히 서 있는 나: 예, 저를 어떤 역할로 부르셨는지
　　　　　　　　　알고 싶습니다.

유다: 당신은 처음 보는 사람인데 주님이 언제 당신을
　　　불렀단 말이요?
부드러운 요한: 아마 主님을 보고 싶었던 모양입니다.

예수: 네가 어떤 달란트를 가졌는지 보여줄 수 있는가?

나는 주머니를 뒤져 있는 것을 다 털어 내보인다.

토마스: 쓰레기밖에 없구만. 미친 사람 아닌가?

예수님은 내 호주머니에서 나온 것들을 찬찬히 살펴
보신다.

예수: 이게 다가 아닐 텐데. 뭘 숨기고 있느냐?

나는 부들부들 떨면서 가슴에 숨겨 두었던 것을 꺼낸다.
그걸 보고 제자들은 벌린 입을 다물지 못한다.

손가락질하는 유다: 저런 놈이 저렇게 귀한 걸 갖고
                있을 리 없다.
                어디서 훔친 것이 분명해.

흥분한 베드로는 나를 끌어내려고 한다.

예수: 이렇게 귀한 것을 갖고도 헤매고 있었단 말이냐…
      필립, 이 사람의 쓰레기들을 다 치워버려라…

필립은 불평하면서 내 호주머니에서 나온 것들을 치
운다.

예수: 그 것을 도로 네 가슴에 넣어라….

나: 제 질문에 대답을 주시지 않았습니다.

예수: 쓰레기들을 나에게 주었으니 너는 답을 알게 될
　　　것이다.

　　　네 가슴에 품은 것을 잃어버리지 마라…

실망한 나: 제가 主님을 만나기 위해 얼마나 걸었는지
　　　　　　아시나요?

내 손을 잡은 예수: 그래… 조그만 더 걸어라.

　　　　　　　　　그리고 나를 다시 만날 필요 없다.

황당한 표정의 제자들을 뒤로하고
나는 조금은 가벼운 발걸음으로
다시 길을 떠난다.

예수님과 제자들은 벌써 저만큼 작게 보인다.

나는 더는 하늘을 쳐다보지 않는다.
하얀 구름은 내 가슴에 있다.

나는 아직 살아있거든

제가 있지 않습니까? 저를 보내십시오 - 이사야 6:8

하느님의 어마어마한 권능에 눌려 예언자를 자청했다던 이사야 강요든 자원이든 예수님을 직접 예언했다던 위대하다는 예언자 이사야

이 굉장한 광경을 숨어 구경하던 나에게 예수님이 어디선가 나타나 너도 저렇게 부르심을 받고 싶으냐? 물으니 글쎄요 배부른 늑대가 지나가는 양을 보듯 대답하는 나 너에게도 저런 일이 있었다 아니 더 어마어마한 일이 있었다 그렇군요 여전히 시끄러운 영화를 보며 졸고 있는 나의 대답

흠… 나에게도 저런 일이 있었다는 것을 기억해 내었다 그런데 이사야는 대 예언자가 되었는데 나는 아직 아무것도 아닐까? 이사야와 나의 차이점은 무엇일까? 감히 어찌 누구와 누구를 비교하는가 라고 생각하는 나를 보니 이사야와 내가 무엇이 다른지 알겠다

이사야는 죽었고… 나는 아직 살아있다는…

나눔의 행복

저렇게 많은 사람에게 이것이 무슨 소용이 있겠습니까?
- 요한 6:9

나는 대책 없이 예수를 따라다니는 무지몽매한 군중
과는 다르다

예수의 제자들이 여기 혹시 먹을 것 가지고 있는 사
람 없습니까? 하고 소리치며 돌아다닐 때 나는 먹을
것을 주머니 깊이 숨긴다 그러나 어찌 알았을까 나는
조폭 같은 제자들에게 둘러싸여 있다

나는 빵 다섯 개와 물고기 두 마리를 베드로에게 뺏
겼지만 나 먹을 것은 아직 충분히 있다

예수가 내 빵을 들고 기도를 한다 기도가 다 이루어
진다면 나는 지금 여기 있지 않을 것인데

생각에 잠겼다가 보니 유다가 벌레 씹은 얼굴을 하며
내게 먹을 것을 준다 너 음식 더 숨기고 있는 거 알거
든 하는 표정인 듯한데 유다가 똑똑한 놈이긴 하지만
설마 하며 빵과 물고기를 허겁지겁 먹는다

남은 음식을 걷으러 내 앞에 온 요한의 종달새 같은 미소를 보자 난 숨겨 놓았던 빵을 빛의 속도로 바구니에 넣는다 이제 숨길 것이 없다 당당히 내 것을 내놓지 않았는가 그러나 요한의 오묘한 미소에 당한 것 같아 후회하는 나 이제 숨겨 놓은 빵도 없고 어쩌나 오로지 예수의 기적에 의존해야 하나

어느새 예수님이 내 옆에 와 귀에 속삭인다 네가 가진 것을 내놓지 않을 때 그것은 너만을 먹이는 작은 양식이지만 내놓으면 천배 만배로 불어나 온 世上을 먹일 양식이 된다 너무 많이 들어 이젠 그냥 소리뿐인 이 말 예수님은 좀 더 참신한 표현을 못 한단 말인가

예수님은 어디 가고 나는 화난 제자들에게 둘러싸여 있다 이런… 무식한 이 人間들이 나에게 무슨 짓을 하려고…

맹물은 맹물 와인은 와인

포도주가 없구나 - 요한 2:3

잔칫집에 술이 떨어지다니
있는 것이라고는 맹물뿐
기적을 베풀지 않는 예수님
이미 다 취해 있으니
맹물도 와인이요
와인도 맹물이라
파티는 계속되고…

저 맹물을 고급 와인으로 만들어 줄까?
맹물이 와인이 되는 꼴을 어떻게 보나요
맹물은 맹물이고 와인은 와인이지요
어차피 파티는 성공적으로 진행될 것이고…

너는 최고급 와인이 되고 싶으냐?
글쎄요 고급 와인을 마셔보지 못해서…
맹물도 목마른 사람에게는….

버릴 것이 없다

하느님께서는 모든 것이 가능하다 - 마태오 19:26

부자 청년이 비 쫄딱 맞은 강아지가 되어 떠나자
나는 골리앗의 목을 벤 다윗이 되어 예수님 앞으로

主님 저는 다 버릴 수 있습니다!
골리앗이 이렇게 소리쳤다면 다윗은 그 자리에서 즉死
했으리라

베드로가 미친개 짓는 소리 들은 표정으로
무엇을 가졌는지 보자

내 주머니에서 쏟아져 나온 물건들이 땅바닥에 뿌려
지고
제자들은 개콘을 보는지 낄낄거리고 코를 막는 人間
도 있다

예수님이 주지 스님 같은 미소로
그것은 너의 한 부분이다 버려지는 것이 아니다

유다가 지나가는 개를 보고 짓는다

당신 물건들은 쓰레기요

나는 女子에게 버림받은 男子처럼 주저앉아
나는 남에게 나누어 줄 것이 1도 없단 말입니까?

사목에 지친 신부 같은 예수님의 목소리
가난한 자는 행복하다고 하지 않았느냐?
버릴 것이 없으니 얼마나 좋으냐?
하늘나라가 너의 것이다

나는 그 자리에서 도망쳐 나오다
한 사람의 다리에 걸려 넘어져 코피를 흘린다

이 거지야! 빈 깡통이 잘 난 척해!?
내가 군중을 빠져나오자
사람들은 나를 잊어버리고
예수님도 나를 잊어버리고
나도 나를 잊어버리고
비참함과 모멸감에 비틀거리며 간신히 걷는다
이제야 나를 찾았다
내가 바로 예수가 아닌가!

밭을 일구는 예수님

너희는 무엇을 먹을까, 무엇을 마실까 하고 찾지 마라.
염려하지 마라 - 루카 12:29

예수님이 밭을 일구고 있다.
예수님이 목수라는 소문은 들었는데
농부라는 말은 들어본 적이 없으나
워낙 황당한 일을 많이 하시는 분이시니
이상할 건 없다.

"主님 무얼 하십니까?"
"밭을 만들고 있다."
"웬 밭은 갑자기… 바쁘실 텐데…"
"네가 먹을 양식을 만들어야 하지 않느냐…"
"제가 먹을 것은 제가 알아서 찾아 먹는데요…"
"먹을 것은 하느님이 다 마련해 주신다고 성경에 있지
않으냐?"
"그러면, 저는 뭘 하고 삽니까?
이제까지 일한 것이 다 먹고 살기 위한 것 아닙니까?"
"너는 하느님이 주신 달란트를 써야 한다."
"글쎄요. 이제 와서 달란트를 쓰라시면
젊었을 때 진작 발견해서 사용했더라면

지금 이렇게 살고 있지는 않을 텐데요."
"네 달란트는 肉의 양식을 위한 것이 아니기 때문이다."

예수님이 내가 먹을 양식을 공급해 주신다고 하니 기
쁜 일이지만,
이제 와서 내 어떤 달란트를 어떻게 어디에 쓰란 말인가?
영적 존재인 예수님은 肉의 양식을 위해 밭일을 하고
肉적 존재인 나는 영의 양식을 위한 일을 하란 말인가?
뭔가 바뀐 것 같은 기분이지만, 말이 되는 것 같기도
하고…
몰라 詩나 써야겠다.

젊은이

젊은이야, 내가 너에게 말한다. 일어나라. - 루카 7:14

떨어지는 해를 보며
내 나이를 세고 있을 때
성령께서 美女의 모습으로 나타나
나를 예수님에게 데려가니
과부의 외아들이 죽어있는 것이 보인다
울고 있는 女人을 달래며 예수님께서
젊은이여 그만 일어나라 하시니
죽음을 박차고 일어나는 젊은이
놀랍게도 그는 내가 아닌가!
내가 왜 너를 살린 줄 아느냐?
앞날이 창창한 젊은이이기 때문이다
죽었던 젊은이가 나라면
저 과부는 혹시 聖母님이 아닐까?
이렇게 부활하여 젊은이가 되려면
확실하게 죽어야 한다네
죽은 척이라도 하면… 혹시…
나보고 쇼라도 하란 말이냐!?
진노하시는 듯한 예수님… 그러나…

반짝이는 것

반짝인다고 다 金은 아니라지만
진짜 金도 반짝이는 건 마찬가지라
내가 걸어가고 있었다면
숲속에 들어가 확인하고
정말 金이면 주머니에 넣었을 것
다행인지 불행인지 팔자에 없는
마차를 얻어타고 가는 중이라
반짝이는 것을 지나 한참을 가던 중
마부가 돌아보며
"반짝이던 것이 진짜 金이라는데"
이런 마부도 알았단 말인가
자세히 보니 마부가 바로 예수님
세상이 이리 어지러운데
한가하게 마차나 몰고 있는 예수님
괜히 잘 걸어가고 있는 나를
태워서 金 덩어리나 놓치게 하고
"시간도 많은데 돌아갈까?"
나한테만 반짝이는 것이 이닐 텐데
왜 시간이 많은지 잘 모르겠지만
가다 보면 다이아몬드 山을 만날지도
예수님이 모는 마차에 탔으니
뭐가 더 필요하랴 라고 생각하지만

이래도 한세상 저래도 한세상
덜컹거리며 잠이 들었는데
깨어보니 나무 밑에서 자고 있던 나
저 앞에 무언가 반짝이고 있고…

기적

내가 만든 와인을 맛보신 예수님
흠… 괜찮네…
그냥 괜찮다니…
하긴 내 입에는 맹물 같으니…
싫은 소리 못 하시는 예수님

어떻게 해 줄까?
좀 더 맛있게 만들어줄까?
아무리 맛없어도
아무도 안 마셔도
제가 만든 와인입니다
네 놈도 男子구나…

내가 만든 와인을 마신 사람들
와우 이렇게 맛있는 와인이!
이 와인 얼마짜리?
어디서 만든 와인인가?
와인은 순식간에 동이 나 버리고…
와인 없다고 아우성치는 사람들

주님이 하셨습니까?
뭘?
사람들 입맛에 맞는 모양이지
내 입이 좀 고급이라…

몰라
뭔 일이 일어났는지
따져서 뭐 하라
그냥 즐기면 되지…

물을 최고급 와인으로

무엇이든지 그가 시키는 대로 하여라 - 요한 2:5

나는 예수님을 만나러 카나의 혼인 잔치에 불청객으
로 들어선다
마침 포도주가 다 떨어져 당황한 聖母님의 모습이 아
름답다
아들 예수에게 말하는 모습은 골리앗에 맞서는 少年
다윗 같다
마마보이 아들 예수가 어머니의 청을 거절할 수 없어
옆에 서 있는 나에게 구경만 하지 말고 네가 와인을
만들어 보렴
파티에 술이 떨어지다니 이왕이면 최고급 와인을 마시
고 싶구나
무슨 농담 하시나요? 主님이 하실 일을 제가 감히…
聖母님은 내 옆구리를 쿡쿡 찌르며 이런 기회 자주 오
지 않거든!
제자들은 나를 보며 아기를 처음 본 강아지처럼 고개
를 갸우뚱갸우뚱
기다렸다는 듯 聖母님이 사람들에게 이 사람이 시키
는 대로 하여라

아니 聖母님은 왜 또 무슨 이런 소문대로 황당한 女人
나는 개구멍으로 기어들어가는 소리로 종들에게 물을
물독에 부으라고 말한다
물독에 물이 차자마자 맛을 보고 감탄하는 예수님
나도 이런 와인은 만든 적이 없는데 네 놈 재주가 대
단하구나!
나는 아무것도 하지 않았는데 맛은 뭘 맛 무슨 음모
를 꾸미시나
고급 와인을 마시면서 취했는지 이제 나는 거들떠보
지도 않는 예수님
나는 와인 만들 맹물을 찾아 2千 年을 달려온다

나도 부자가 되고 싶다

하느님께는 모든 것이 가능하다 - 마태오 19:26

부자 청년은 天國의 꿈을 버리고 떠나고

감사하는 마음으로 땅을 디디고 사는
나도 때로는 구름도 타보고 싶고
별을 손바닥에 내려놓고 싶고 그래서

부자가 되고 싶다고 예수님에게 말하니
반가워하시고 기뻐하시는 예수님
지랄치는 베드로 웅성웅성하는 군중

사탄아 물러가라!
하느님의 일은 생각 안 하고 사람의 일만 생각하는구나!
천둥 같은 예수님의 소리에 숨어버리는 베드로

이런 믿음을 나는 본 적이 없다
부자가 안 되어보고 어찌 부자를 욕할 수 있느냐
세상의 재물이 하느님의 영광을 가릴 수 있느냐
이해하지 못하는 머리 굳은 제자들 人間의 무리

지옥을 각오하지 않고 어찌 天國의 꿈을 꾸는가
지옥에 가기가 그렇게 쉬운 줄 아는가
머리 흔들며 떠나는 사람들 들을 귀 없는 군중

부자가 된 나 내 갈 길을 간다
몇몇 사람의 경멸을 받으며
많은 사람의 부러움을 사며

희망에 찬 부자 청년 나를 따라온다

내 삶을 사는 예수님

저 멀리 시꺼먼 구름이 보여
내가 폭풍우를 화폭에 그리고 있을 때
내 앞의 길을 빗자루로 쓸고 계시는 예수님
돌멩이도 있으면 치우면서
뭘 하십니까 主님?
네가 갈 길을 청소하고 있지 않으냐
너는 작은 돌에도 잘 넘어지더라
제 길을 제가 청소해야지 왜 주님이
너는 네 길을 이제까지 청소한 적이 없는데
인제 와서 하겠다고?
지금부터라도…
생각은 가상하다만
지금까지 내가 네 삶을 살았으니
앞으로도 그럴 것이고
저 옆에 山길을 힘들게 오르는 사람이 보이느냐?
너는 그 사람의 길 좀 청소해 주련?
포장된 내 길은 主님이 청소하고
저 山길은 나 보고 하라니
세상에 무슨 이런 이상한 경우가
전능한 주님은 쉬운 일을 하고
무능한 나는 어려운 일을
하기 싫으냐?

주님이 잠시 쉬고 있을 때
내 길을 쓸고 있던 나는
코딱지만 한 돌멩이에 걸려 넘어진다
고개를 절레절레 흔드는 예수님
시커먼 구름이 바로 내 머리 위에
내가 그린대로 폭풍이 오려나
예수님은 오수를 즐기시는 듯
어디까지가 꿈일까

내 쓰레기를 지고 가는 예수님

내 멍에는 편하고 내 짐은 가볍다 - 마태오 11:30

웬 짐이 이렇게 무겁냐?
내 짐을 스스로 지겠다고 하더니
얼마 가지도 않아 불평하는 예수님

내가 아니었으면 지금쯤 네 놈은
길거리에 쓰러져 못 일어났을 것
공치사까지 하는 예수님

뭐가 이렇게 무거운지 열어보자
멈추시고 자루를 열어보는 예수님
차라리 내가 지고 가는 게 편할 듯

네 놈은 웬 쓰레기를 이렇게
쓸만한 물건이 하나도 없네
쓰레기라니 나에겐 다 귀한 것들

지고 가기 싫으면 관두지 내 귀중한
물건을 쓰레기라니 이러니 예수님의
후예라는 사제들이 입이 험한 듯

쓰레기라고 다 버릴 줄 알았더니
다시 주워 담고 등에 짊어지는 예수님
내 쓰레기를 대신 지어주는 主님

예수님이 이상한 분인 걸 알지만
내 비록 짐은 지고 있지 않지만
내 어깨는 더 무거우니… 인생

예수님에게 미안해서라도
내 귀중한 쓰레기를 버려야 하나
안 가냐? 손짓하는 예수님

예수님이 요즘 할 일이 없나
이 詩詩한 人間의 쓰레기를 지고
어디로 가는지도 모르는 나를…

진수성찬

어둠의 골짜기로 몸을 던지려 할 때
내 팔을 잡는 예수라는 이름의 사람
나같이 가진 것이 많은 놈이 왜
저 깊은 계곡으로 몸을 던지려 하느냐고
내가 가진 것이 많다니
그 사람이 가리키는 곳을 보니
진수성찬이 차려져 있는데
듣지도 보지도 못한 산해진미가 가득
식탁은 남쪽 나라 왕후가 보낸
남국의 장미로 화려하게 장식되어 있고
전 세계에서 온 온갖 꽃들로 만들어진 의자
예쁘고 작은 새들의 즐거운 노랫소리
식탁을 둘러싸고 있는 고급 향수 냄새
결혼 피로연이 있는 모양인가
저 성찬이 나와 무슨 상관이란 말인가
내가 매일 먹은 저녁상이라고
저런 밥상은 본 적도 없는데 내 것이라니

예수라는 사람이 누구길래
나도 모르는 내 것을 다 알고 있을까
나는 어둠을 조롱하며 보란 듯이 신나게 먹는다
다윗의 심정을 알 것도 같다

나는 장님이 아니었다

내가 너에게 무엇을 해 주기를 바라느냐?
- 마르코 10:51

나는 눈먼 거지가 되어
거리에 앉아 까만 세상을 보며 구걸하고 있다
사람들이 와서 내 귀에 대고 속삭인다
예수라는 사람이 있는데 눈먼 사람을 보게 한단다
너도 한 번 부탁해 봐
글쎄
내가 눈을 뜨면 더는 구걸을 못 하고 일을 해야
나 지금 무척 편하고
내 人生 얼마 안 남았는데
눈을 떠서 뭐 해?
사람들이 또 와서 귀찮게 한다
예수가 저 앞에서 오고 있다
곧 네 앞을 지나갈 것이니 소리를 쳐라!
예수 발걸음 소리가 나는 듯해서
나는 모깃소리로 외친다
주님 저를 불쌍히 여기소서!
예수가 못 들었겠지 했으나

뜻밖에 예수가 와서 말한다
무엇을 원하느냐?
나는 망설이다가 대답한다
내 여생에 먹고살 만한 돈을 주십시오
구걸도 이제 지쳤습니다
나는 예수가 어떻게 나올지 생각해 본다
돈을 줄까?
눈을 뜨게 해 줄까?
돈도 주고 눈도 뜨게 해줄지도…
모르지 그냥 가버릴 수 도 있고…
예수는 내 귀에 대고 말한다

    넌 장님 아니거든! 눈을 떠!

나는 놀라서 번쩍 눈을 뜬다
사람들은 기적이라고 아우성친다

    기적? 기적… 기적…

내가 장님이 아니었나?
그런데 세상은 왜 그렇게 깜깜했나?
그래도 구걸로 잘 살았는데
앞으로 어떻게 살란 말이냐!
다시 장님 행세를 할 수도 없으니

안 될 건 없지
나는 눈을 감고 다시 거적에 앉는다
누가 내 귀에 속삭인다
정말 장님이 되고 싶으냐?
앞이 보이고 안 보이고 무슨 관계?
장님 행세로 잘 살아왔는데…

내로남불의 神話

너희는 원수를 사랑하여라 - 마태오 5:44

나: 강도를 당했습니다 주님

예수: 그래?

나: 그래라니요! 주머니를 다 털렸는데요

예수: 다행이다 털릴 돈이 있었으니

나: 다행이라니요 무슨 그런 말씀을

예수: 빈털터리였으면 목숨이 털렸겠지

나: 주님하고는 대화가 안 됩니다

예수: 그 강도도 하느님이 사랑하신다

나: 그래서요? 저도 그 강도를 사랑하란 말입니까?

예수: 적어도 이해는 할 수 있겠다

나: 강도질을 이해한다고요? 피해자는 접니다

예수: 오죽하면 그런 짓을 하겠니

나: 아무리 그래도 남의 것을 빼앗더군요 십계명을 어
  겼습니다

예수: 너는 십계명을 잘 지키는 모양이구나 장하다

나: 주님도 비꼬십니까? 적어도 저는 강도질은 안 합
  니다

예수: 내로남불이구나

나: 주님도 그런 말을 아십니까?

예수: 내가 모르는 말이 있겠느냐

나: 어째 위로의 말씀 한마디 안 하십니까

예수: 그 강도가 네 주머니에 黃金 덩어리를 놓고 갔
　　 다면 위로가 되겠느냐?

나: 무슨 神話 쓰십니까?

예수: 선택하여라 神話냐 잔잔히 흐르는 江물이냐?

나: 강도를 당했는데 江물이 잔잔히 흐르겠습니까?

예수: 神話를 선택하고 물로 뛰어들어라 물에 빠지지
　　 않을 것이다

나: 주머니에 뭔 덩어리 같은 것이 있습니다

예수: 강도도 너도 내 神話의 神들이다

나: 神이 강도질도 합니까?

예수: 그리스 로마의 神들을 보아라 얼마나 지저분한지

나: 글쎄요 제가 그 神들을 닮을 수 있을지…

늙은이는 꿈을 꾸리라

노인들은 꿈을 꾸며 – 요엘 *3:1*

늙은이도 꿈을 꾼다는데
나 같은 젊은 놈이 하면서
내 꿈이 무럭무럭 자라
하늘로 치솟고 있었는데

어느 날 내가 이상한 곳에
예수님을 닮은 사람이
문 앞에서 서성이고 있다

예수: 네가 웬일이냐?
나: 저를 아십니까?
예수: 가 모르는 사람이 있겠느냐!
나: 제가 운전을 하고 있었는데 갑자기 이곳에
예수: …차 사고 나서 네가 죽은 모양이다
나: 예? 죽다니요?!
예수: 잘됐다 요즘 天國에 오는 人間들이 없어서 심심
    했는데
나: 여기가 天國? 제가 무슨 일을 했다고 天國에…
예수: 나도 몰라 하느님이 하시는 일이니…

나: 저는 안 들어갑니다

예수: 이런! 天國을 거부하는 놈이 있다니

나: 제 꿈이 한창 자라고 있었는데 꿈을 이루어야지요

예수: 천국에서는 꿈꿀 필요가 없단다 그냥 행복하게
영원히 살면 돼

나: 아닙니다 저는 꿈을 이루어야 합니다

예수: 어쨌든 들어가서 하느님을 만나보거라 기다리
고 계시다

나: 꿈이 없으면 罪라고 하지 않으셨나요?

예수: 내가 그런 말을? 네가 만든 말 아니냐?

나: 누가 말했던 저는 재미없는 天國은 싫습니다

예수: 이놈 봐라 고집이 아버지 하느님을 닮았네

나: 제가 하느님 닮은 구석이 있다니 영광입니다

예수: 꿈꾸는 건 좋은데 꼭 이루어져야 하는 건 아니다

나: 제 꿈을 꼭 이룰 겁니다

예수: 꿈도 좋지만 운전 조심하거라 다시 이곳에 오면
돌아가지 못한다

꿈을 깨니

차 사고도 꿈

죽은 것도 꿈

天國 門도 꿈

예수님도 꿈

꿈 꿈 꿈

다음에 天國 꿈을 꿀 때는
내가 이룬 것 한 보따리를 메고…
이것도 꿈… 人生

4장

광란의 나이트클럽

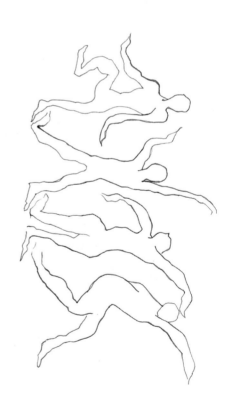

간절한 욕심

맹물을 맛있는 와인으로 변화시키신 主님
비리비리한 저를 멋있는 男子로 바꿔주십시오

> 넌 이미 멋있는 男子다
> 뒤를 돌아다 보아라

장님들에게 빛을 주신 主님
저의 눈을 뜨게 해 주십시오

> 넌 장님이 아니다
> 밤하늘을 보아라

문둥병자를 고치신 主님
제 病도 고쳐주십시오

> 넌 고칠 病이 없다
> 네 주위를 둘러보아라

伍天 명을 먹이신 主님
저에게 平生 먹을 것을 주십시오

> 얼마나 오래 살 계획이냐?

그래도 내일 먹을 것은 있겠지

물 위를 걸으신 主님
저도 물 위를 걷게 해 주십시오

    넌 물 위를 걸을 필요가 없다
    날아가는 참새를 보아라

폭풍우를 잠재우신 主님
저에게 世界 平和를 이룰 힘을 주십시오

    넌 구세주가 아니다
    나도 못 하는 것을 네가 하려고?

부활 후 영광을 받으신 주님
저도 영광의 면류관을 쓰고 싶습니다

    네 마음이 얼마나 간절하냐?

主님의 옷자락을 잡은 女人처럼 간절합니다
기꺼이 강아지도 될 수 있습니다

    네 간절한 욕심이 마음에 든다
    영광의 무게를 견딜 힘도 주겠다

등골에 식은땀이 흐르고
찌질한 솔로몬 생각이 나는 것은…

희생양

世界 平和를 위하여 저를 희생하려 합니다

여기저기서 낄낄거리는 소리가 들린다
예수님은 염화시중의 미소만을 짓고 계신다
수많은 절박한 기도의 시간과
목숨을 걸고 군중을 뚫고 온 노력이
예수님의 미소와 人間들의 야유
그리고 사도들의 오만 속에 묻히려한다

어떻게 희생하려 하느냐?

침묵을 깬 예수님의 목소리에
나는 잠시 할 말을 잊는다
군중 속에서 혀를 끌끌 차는 소리가 들린다

主님께서 시키는 대로 하겠습니다

베드로의 열받은 시뻘건 얼굴
유다의 비아냥거리는 표정
요한의 동정 어린 몸짓이 보인다
사방은 한여름 오후의 절간같이 고요하고
심장은 화산같이 터지려 하는데

예수님의 부드러운 목소리가 들린다

가서 네가 하고 싶은 일을 하여라

군중의 술렁거림 속에
나는 자리를 박차고 일어나
그 자리를 빠져나온다

다 버리고 나를 따르라!

이 말씀을 기대했던 나는
아! 이렇게 희생양이 되었다
몰인정한 예수님은
내가 하고 싶은 일을 하라고 한다
이 세상에 이보다 더 어려운 일이 있을까
아마도 이래서
世界 平和는 오지 않는 모양이다

失望

저기 보이는 무화과나무는 진짜일 것이다

사막도 아닌데 웬 신기루는 이렇게 많은지

혹시나 했다가 역시나로 끝나는 이 世上

응답 없는 기도 失望으로 끝나는 希望

더 좋은 것을 주신다는 헛된 위로의 神學

하느님의 뜻을 찾으라는 허무의 영성

하늘은 스스로 돕는 자를 돕는다는 모욕

기도 밖에 할 수 있는 일이 없는데 어쩌라고

무슨 일이 있느냐? 또 참견하시는 예수님

아닙니다 잘 살고 있습니다 퉁명스러운 대답

그냥 갈 길을 가시는 예수님 또 다른 失望

가짜 무화과나무를 진짜로 만들러 가셨을지도

몰라 저주를 하셔서 나무를 다 죽이실지도

아니면 나무를 저 멀리 옮겨 놓으실지도

워낙 성질이 괴팍하시니 내가 어찌 알리요

기다리던 종말이 오늘 안 오면 종말을

다음 주로 미루고 기도하는 종말론자처럼

나도 저 진짜일지도 모르는 무화과 신기루를

저 멀리 옮겨 놓고 다시 한번 失望을 기대하며

기도하고 또 기도하고 어차피 할 일은 기도밖에…

내 발을 씻기신 예수

주님께서 제 발을 씻으시렵니까? - 요한 13:6

황당해하는 제자들의 발을 다 씻은 예수님
내가 보고 있었다는 것을 아시는 듯

"너도 발을 씻어 주랴?"
나는 놀래서 "예? 저 같은 罪人에게…"

예수님은 쯧쯧 혀를 차시며
"누가 너를 罪人이라고 하느냐?!"
유다에게 새 물을 가지고 오라고 시키신다

제자들이 웅성거리고 열받은 베드로
"아니 당신 어떻게 이곳에 들어왔지? 여기는 당신 올
자리가 아닌데…"
그러고는 동생 안드레아를 소리 지른다
"야! 아무도 못 들어오게 하라는데 넌 뭐 한 거냐?"

예수님께서는 화를 내신다
"조용히 해라! 너희들이 아직 내가 발을 닦아준 의미
를 모르고 있구나!"

제자들이 잠잠해지고 유다가 새 물을 가지고 왔다

베드로가 또 궁시렁거린다
"그냥 씻던 물로 씻기시면 될 것을 새 물까지…"
예수님이 베드로를 쳐다보자 베드로는 고개를 숙인다

예수님은 내 발을 정성스럽게 닦으시며 말씀하신다
"그래 그동안 고생 많았다…"
"예, 제가 뭔 고생…"

예수님이 발을 다 씻기시고는
유다에게 물을 갖다 버리라고 말씀하신다

유다가 물을 버리러 가자 베드로가 또 나에게 와서
말한다.
"발도 다 닦았으니 인제 그만 나가시오 이제 우리는
중요한 이야기를 할 겁니다"

그러자 예수님께서 진노하시며 제자들에게 말씀하신다
"여기서 하는 일은 비밀이 아니다
여기서 일어난 일은 世上에 알려져야 하고
곧 죽을 늙은이부터 갓 태어난 아기에게까지 알려져
야 한다"
이 말씀은 성경에 넣고 싶은 말씀이다
제자들이 고개를 숙이고 숙연해진다

아! 멋있는 예수님

예수님은 지금의 교회에도 같은 진노를 퍼부으시지
않을까

그러면 바리사이에게 퍼부었던 독설은 예고편에 불과
하리라

이런 나도 내 발을 씻기신 예수님의 의미를 모르는
듯…

내가 罪人이라고?

나를 罪人이라고 부르는 교회 내가 무슨 罪를 지었는데? 원죄? 아담 하와 그 두 연놈의 罪를 왜 나한테 뒤집어씌우나? 열 받은 나는 예수님에게 씩씩거리며 간다 제가 罪人입니까? 그럴 리가… 누가 그러더냐? 주님이 세웠다고 주장하는 교회가 그러는데요 뭐 罪라고 할 것이 있겠느냐 가다가 돌에 걸려 넘어지기도 하고 삼천포로 빠져서 좀 놀기도 하고 그랬겠지 교회가 너를 罪人이라고 지랄치는 것은 中國 고사에 나오듯이 큰 人物을 만들기 위하여 작은 실수에도 엄하게 벌하는 그런 것이 아니겠느냐? 너무 기분 나빠하지 말라 그냥 말일 뿐 주님은 역시 꿈보다 해몽이 좋은 분인 듯 신자들을 통제하고 관리하기 위하여 罪人이라는 족쇄를 채우는 교회가 나를 人物로 만들기 위하여? 人生… 돌아가는 나에게 주님은 당부한다 앞으로는 작은 돌멩이에도 걸려 넘어지지 말고 엉뚱한 길로 들어서지 않으면 좋겠구나 간음으로 끌려온 女人에게 다시는 죄짓지 말라는 예수님의 말씀이 생각나며 등골이 서늘 교회가 지운 짐을 내려놓으러 갔더니 예수님은 더 무거운 짐을? 찜찜한 기분 그럴리가요 교회는 짐을 당신 앞에 던져주었지만 예수님은 지게를 손수 만들어 주시고 짐을 직접 지게에 올려주신답니다 무겁다고 불평하면 예수님이 직접 지고 가시기도 한답니

다 요즘 시대에 뭔 지게? 하긴 예수님은 2千 年 전 분
이지만 워낙 마음이 넓은 분이라 트럭에 실어도 나무
라지 않으실 듯 내가 罪人은 아니지만… 몰라…

뒤통수

월계관같이 보이는 걸 만들고 계신 예수님
예쁜 새들이 온갖 예쁜 꽃들을 날라 오고

네 머리에 대 보자 가시관이겠지요
가시에 찔리기 싫어 도망가는 나

가시관은 나 하나면 족하다 너는 이 아름다운
온갖 보석이 박힌 면류관을 써야 한다

가시관이 아닌 것이 다행이지만 어찌 제가
그런 사치스러운 王관을 제 이 머리에

저는 그저 내리쬐는 뜨거운 햇빛을 막는
빵떡모자 하나면 되겠습니다 主님

네가 아직도 교만을 다 떨치지 못했구나
하느님의 진노에 가시관이 필요한 듯하다

내 마음대로 안 되는 世上인 건 알았지만
무겁고 싫은 모자를 억지로 써야 하나

검소하고 소박하고 욕심 없이 살고 싶은
이 소망도 교만이고 탐욕이란 말인가

베드로가 가시가 촘촘히 박힌 모자를
들고 온다 나는 온갖 힘을 다해 달린다

예수님이 그 가시 박힌 모자를 쓴다
피 흘리는 주님 다시 가시관 쓴 主님

악 소리 지르며 악몽에서 깬 이 人間
이 꿈은 무슨 뜻인가요 도사에게 물으니

소설 쓰지 말라는 말씀이겠지요 詩人은
詩를 써야지요 뭔소리 도사 맞아?
왜 하느님은 항상 뒤통수를 치시는지요

뒤에 눈이 없으니까요 정말 도사 맞네

무덤 파는 예수님

당신은 죽은 것 같소
죽은 사람에게서 볼 수 있는 현상이 보이네요
죽음 전문가에게 가서 진단을 받아보시지요
죽다니? 갑자기
준비도 안 되었는데

어떤 사람이 땅을 파고 있다
예수님 같다
主님 무얼 하십니까?
네 무덤을 파고 있다
지금 죽음 전문가에게 가는 중입니다
나 말고 죽음을 아는 자가 또 있단 말이냐?
무덤이 다 파지면 너를 묻을 터이니 기다려라
땀을 흘리며 열심히 파던 예수님
나에게 손짓한다
준비되었으니 이리 오너라
네가 죽었으면 아 무덤에 뛰어들고
안 죽었으면 이 무덤을 다시 메꿔라

돌팔이 말을 듣고 죽었던 나는
이렇게 살아나 무덤을 메꾼다
죽음이 별거 아니로구나
그렇다면 삶은 별 것일까

장난감 진흙탕

내가 진흙탕에 빠져
허우적거리며 고통스러워할 때

너 뭐하냐?
나를 들여다보고 있는 예수님

깔깔거리는
예수님을 따라다니는 女人들

일어나라 아들아
손 내미는 聖母님 역시…

심심해서요
어색한 미소를 짓는 나

신기하다 어찌 빠졌을까
세숫대야밖에 안 되는 진흙탕

모델의 다리같이 매끈한
고속도로만 달려야 하는 나

내가 만든 진흙탕에 그냥 빠지네… 쯧

취미도 괴상한 예수님

개미만 한 돌부리에도 넘어지는
내 취미도 예수님에게 못지않으니

그래 지루한 꽃길
가끔 꽃뱀도 있어야

예수님 길 가 돌 위에 앉아
나를 기다리신다

나에게 작은 메모지를 주시며
네가 원하는 것을 적어봐라

뭐야 백지 수표?
근데 이렇게 작은 종이를

글씨가 얼마나 작아야
내 원을 다 적을 수 있을까

여기 쓴 건 다 주십니까?
그런 말 아직 안 했는데

이건 지뢰밭이다
춤추는 마리아 막달레나

시궁창에 빠진 예수

내가 시궁창에 빠져 허우적대고 있을 때
예수님이 지나가다 말을 건다
(예수님일 것이다…)
"하느님을 닮은 네가 왜 이런 곳에서 놀고 있느냐?!"
하느님을 닮다니 내가 할 수 있는 건 거짓말 밖에
"너무 깊어서 나갈 수가 없습니다."
예수님은 시궁창에 뛰어든다
"내가 나오게 도와주지…"
나는 당황한다
"아니, 그럴 실 필요는 없는데요. 그냥 손만 잡아 주
셔도…"
(정말 예수님이라면 말 한마디로 될텐데…)
"너는 내 손을 잡지 않을 것이다"
(내 마음을 잘 아는 걸 보면 예수님 같기도 하고…)
예수님은 내 엉덩이를 받쳐 준다
나는 쉽게 시궁창을 나온다
"이제 내가 나가야 하니까 네 손을 달라…"
(내가 예수님을 시궁창에서 구해 드린단 말인가?)
나는 시궁창을 떠나 내 갈 길을 간다
시궁창 냄새가 진동하는 예수님이 소리친다
"내가 여기서 나가야 人류를 구원할 것 아니냐!"
(예수님이 이런 시궁창을 못 나오다니… 가짜가 분명…)

"내가 여기서 죽으면 네가 대신 십자가를 지어야 할
것이다…"
(그런 협박에 넘어갈 나는 아니니까…)

뒤를 돌아보니 한 아름다운 女人이
예수님 같은 사람을 시궁창에서 구해준다
저 女子는 사탄이 분명하다
가짜 예수를 구해준 진짜 사탄
내가 神學者가 안 된 것이 다행

슬기로운 증인

나는 당신들이 말하는 그 사람을 알지 못하오 - 마르코
14:71

이 광경은 완전 혼란이다.

도떼기시장이란 이런 것을 말하는 것이리라.

나는 군중 속에 숨어

사람들이 예수에 대해 증언하는 것을 보고 있다.

병사가 나를 잡아끈다.

대사제가 나에게 증언을 하라는데…

왜 나를? 하지만 대사제의 명을 어길 수는 없다.

나는 불안한 마음으로 증언대에 선다.

대사제: 여기 서 있는 이 사람을 아는가?

나: 소문을 들었습니다.

대사제: 어떤 소문을 들었는가?

나: 병자를 고치고, 마귀를 쫓아내고 먹을 것을 주는 등
　　온갖 기적을 다 행한다고 들었습니다.

대사제: 네가 기적을 본 적이 있는가?

나: 직접 본 적은 없습니다.

대사제: 기적이 정말 일어났다고 믿는가?

나: 모르겠습니다. 직접 보지 않아서…

대사제: 이 사람에 대해 또 무슨 말을 들었는가?

나: 사람들 말로는 메시아라고도 하고 하느님이 아들
　　이라고도 합니다.

대사제: 그런 말을 믿는가?

나: 저는 모릅니다. 저는 그저 소문만 들었을 뿐입니다.

대사제: 저 사람을 직접 본 적이 있는가?

나: 따라다니는 사람들이 워낙 많아, 가까이서 본 적
　　은 없습니다.

　　잘 보이지도 않는 멀리서 본 것이 전부입니다.

대사제: 이곳은 왜 왔는가?

나: 하도 말이 많은 사람이라 직접 보고 싶어서 왔습
　　니다.

대사제: 그래, 직접 보니까 어떤가?

나는 대답을 못 하고 있다.

예수님과 나는 서로 바라보고 있다.

나는 여기 서 있는 예수님에게서 무엇을 보는가?

이 장소가 내 신앙을 시험하는 곳일까?

말을 잘못하면 내 목숨이 위험할지도 모른다.

슬기롭게 대답하여야 한다.

예수님을 거부하지도 않으면서

내 목숨을 지키는…

그런 대답이 있을까 성령에 도움을 청했고

예수님을 바라보면서 답을 구했으나

결국 나는 나의 방법대로 이 자리를 벗어난다.

나는 비실비실하다 쓰러지는 쇼를 한다.

빨리 진행을 해야 하는 대사제는 나를 끌어내라고 명
령한다.

나는 병사들에게 끌려 나오면서 매도 맞지만

그 자리를 무사히 빠져나온다.

예수님의 미소를 등뒤에 느끼는 것은…

내 착각?

예수님의 수난을 바라만 보라

눈물은 심장에서 흘리고
슬픔은 빈 마음에 차곡차곡 쌓아 두어라
사랑하는 女人을 보내는 男子같이…
잔인한 채찍질 막으려 하지 말고
홀로 고통 속에 계시도록 바라만 보라
십자가 대신 지려고 하지 말며
홀로 지고 가시도록 바라만 보라
전능하신 하느님을 보지 말고
삶의 무게를 지고 가는
유한한 한 人間을 보아라
네가 홀로 삶을 지고 왔듯이
너같이 외로이 수난을 감수하고
삶을 내려놓으려 하지 않고
극심한 고통 속에 소멸하는
한 사람을 보아라 너를 보아라
네 삶의 무게를 가볍게 하려 말고
내려놓으려 하지도 말고
그냥 바라보아라
부활은 단지 소문일지 모르나
소문이 들리거든
달려가서 빈 무덤을 확인하여라
그리고 삶을 내려놓아라
더는 지고 갈 필요가 없을지도 모르니…

罪人 예수

도대체 그가 무슨 나쁜 짓을 하였다는 말이오?
- 마태오 27:23

기대를 저버린 예수에게 분노하는 군중
뭉게구름 같은 詩나 읊은 예수
선택된 민족이라는 달콤한 말로 수千 年간 유대민족
을 끌고 다닌 야훼

자신들의 종교적 권력에 위협을 느낀 사제들
야훼가 준 권력에 도전한 아들 예수
아줌마들을 몰고 다니는 것이 신부의 잘못이 아니라
는 어떤 아줌마

자신의 정치적 生命을 위해 예수를 내어 준 빌라도
그 당시 흔한 사이비 종교 교주의 하나인 예수
王의 자리를 위해 형제도 죽인 태종 이방원

지신들의 목숨을 부지하기 위해 도망간 제자들
목숨보다 더 귀중한 것이 없다는 스승 예수의 가르침
人間적인 너무나 人間적인 人間 예수의 제자들

스승을 위해 목숨을 바친 유다
유다를 지옥에서 끄집어내어 사도로 만들려는 영성가들
드디어 사도가 된 마리아 막달레나

자기가 왜 살아났는지도 모르는 바라빠
트럼프가 사면한 양아치들
하느님의 은혜로 잘 사는 나 같은 人間들

무관심으로 그냥 구경만 하는 나
하느님이 구경꾼으로 창조한 나
어찌 감히 무대에 올라가 어설픈 춤을 추랴

이 각 집단이 서로서로 원수지간 그 어느 집단에도 나
는 속하지 않으니 나도 그들의 원수, 이 어울릴 수 없
는 집단들이 하나가 되어 예수를 죽이는 데 힘을 합한
다 사람들은 예수를 인류의 적이라고 생각했을지도 人
間들이 하나가 되어서 하느님은 흡족하실까… 바벨탑
이전으로 돌아가 하나의 언어로 神을 징벌하는 人間

이렇게 하느님은 人間에게 속죄한다 人間을 죄인으로
만든 罪를 지은 하느님 치사하게 아들에게 罪를 덮어
씌운다 이렇게 罪人이 된 예수 효자 외아들을 둔 하
느님 人間을 닮은 절대자 하느님

人間도 神이 되어 같은 神을 단죄할 수 있다는 걸 보여

163

주시려고 십자가를 둘러싼 광란의 춤을 안무하셨으니

이게 말이 됩니까? 완벽한 神이 무슨 罪를… 人間이
어떻게 神이 되고… 神을 斷罪? 이거 당신이 만든 神
아닌가요? 만들려면 좀 제대로 만들어야… 그러게요

겟세마니

예수님이 겟세마니에서
땀을 피같이 흘리며 또는
땀과 피를 흘리며 또는
땀이 피가 되도록 흘리며
기도했다고 하는데

아마도 인류의 구원을 위한
우주를 진동시키고
하느님 아버지를 감동시키는
엄청난 기도를 했을 것인데
몰래 숨어 들어봤더니

이건 무슨 이런 기도
십자가 수난이 싫어서
도망가고 싶다는 기도 아닌가!
예수님이 메시아가 맞는지
그냥 사기꾼 예언자인지

아마도 제자들도 失望하여
잠을 잘 수밖에 없었을 듯
스승이 자신의 목숨을 위해
피땀을 흘리는데 어찌 제자들이

배반하지 않을 수 있을까

물론 기도의 마지막을
아버지 뜻대로 하라는
말로 멋있게 장식해서
하느님의 체면은 간신히 섰으나
입 안에 쓴맛은 가시지 않으니

나는 메시아도 아니고
예언자도 아니고
아무것도 아니고
그저 하루하루를 버티며
살아가는 유한한 존재

그래서 저 멀리 보이는
먹구름이 폭풍이 되지 않도록
기도하지만 내 몸이 회오리
바람에 날려가는 것이 뜻이라면
하느님 뜻대로 하소서

라는 기도를 한다면 감히
예수님을 흉내 낸다고
하느님 아버지의 깊은
진노를 사 정말 내 몸이
허리케인에 날려갈지도

당신 기도하는 거 보니
산들바람에도 날릴 듯
새털 같은 믿음으로 잘
버텨왔으니 이제는
하느님 뜻대로 하소서

라고 기도하는 것도 좋을 듯
아무리 하느님이 때론
고집불통이고 인색하기도
하지만 당신 같은 詩詩한
人間을 뭐 어찌시겠소…

쇠사슬의 행복

人間의 육체에 갇혔던 예수
게쎄마니 동산에서 얼마나 울부짖었던가
人間의 쇠사슬을 끊지 않고 싶었겠지
완전한 自由를 누리던 하느님으로
돌아가고 싶지 않았던 예수
십자가 위에서 인간의 껍데기를 벗으며
아버지에게 버림받았다고 아우성쳤다

그래서 탕아는 집으로 돌아왔다
自由가 주는 불행을 만끽하고
아버지의 집에 갇히기 위해서
세상을 창살 사이로 보기 위하여
그렇게 행복하려고 돌아왔다

쇠사슬을 끊은 희열은
山 하나 넘고는 불편함으로 변하고
벌써 사슬의 차가운 금속성이 그리워졌다
조그마한 창문으로 보였던 아름다운 世上은
거대한 죽음의 골짜기로 변했다
그래도 방랑자의 자존심은
스스로 갇힘을 추구하지 않았다
작은 한숨만이 그의 피곤함을 말해주는 듯…

"당신은 떠난 적이 없었어요."
自由가 그저 꿈이니 얼마나 다행인가
예수에게 人間 世上은 그저 꿈이었을까?
하느님도 꿈을 꾼다면…

버림받은 예수

저의 하느님, 저의 하느님, 어찌하여 저를 버리셨습니까?
- 마태오 27:46

엘리 엘리 레마 사박타니?
이렇게 외치며 예수는 아버지 하느님에게 버림받았다
부활을 알고 있었다 한들
극심한 고통을 견딜 수 있었겠는가
아무리 다시 산다 한들
십자가의 고통이 그만한 가치가 있었겠는가
차라리 버림받아 소멸되기를 바랐을 것이니
이것이 죽음을 대하는 참다운 태도일지도

삶이 나를 버리고
내가 삶을 버리는데
죽음 후에 무엇이 있는 들 무슨 관계
죽음 후에 아무것도 없건 무슨 관계
가보지도 못한 저 世上의 꽃으로
죽음을 화려하게 장식하지 말게나
없을지도 모르는 사후의 세계로
삶에 지나치게 의미를 주지 말게나

그저
예수같이 철저하게 버림받지 않음을 감사하고
예수같이 처절하게 모욕당하지 않음을 감사하고
예수같이 극심하게 고통당하지 않음을 감사하고
예수같이
主여 제 영혼을 받아주소서
하고 말해도 좋을 듯

그러나
예수보다 더한 고통 속에
사는 사람도 죽는 사람도 많으니
예수를 닮으려는 내 생각은
디즈니 만화를 닮은 판타지
이렇게 나는 또 길을 잃었으니
영원한 생명에 대한 소망보다는
유한한 현재의 삶을 음미하며
예수같이 버림받음을 준비함이 어떠리

부자의 무덤에 묻힌 예수

바위를 깎아 만든 자기의 새 무덤에 모시고 나서, 무덤
입구에 큰 돌을 굴려 막아 놓고 갔다.
- 마태오 27:60

부자의 무덤에 묻히신 예수님
부자에게 당신을 모시는 특권을 주신 주님
죄인의 주검을 감히 요구한 부자
그는 빌라도도 쾌히 승낙할 정도로 특권층이었습니다
유대인도 감히 방해할 수 없었나이다
자신이 묻힐 무덤도 없는 가난한 사람
어찌 당신의 시신을 감히 요구할 수 있겠습니까?
아! 부자는 이렇게 힘이 있습니다

가난한 사람은 행복하다고 하신 주님
당신을 모시지 못하니 어찌 행복할 수 있겠습니까?
부자가 하늘나라에 들어가기 어렵다고 하신 주님
낙타가 바늘구멍에 들어가는 것이 더 쉽다고 하신 주님
아리마태아 요셉은 그의 부를 이용하여
당신을 자신이 새 무덤에 모시고
하늘나라의 티켓을 쉽게 얻었습니다

가난한 사람이 하늘나라 가는 것이 더 쉽겠습니까?

부자들도 친구로 삼으신 주님
부자 라자로를 죽음에서 살리신 주님
부자 요셉을 제자로 삼아서 장사를 부탁한 주님
어찌 당신은 마구간에서 가장 가난하게 태어나시어
부자의 무덤에 묻히셨습니까?
그냥 아무 곳에나 묻히셔도 되었는데요
허름한 무덤에서는 부활하실 수 없었나요?
부자의 무덤에서 부자같이 부활하셔야만 했나요?

부자가 자신의 부를 마음껏 이용하여
당신을 경배하게 허락하신 주님
값비싼 향유를 당신의 발에 부은 女人을 칭송하신 주님
아! 저도 부자가 되어
그 부를 당신을 위해 쓸 수 있게 허락하소서
당신의 黃金 십자가를
호화로운 방에 모실 수 있도록 배려하여 주시고
당신의 말씀을 다이아몬드로 장식하라고 말씀하소서

예수의 이름으로 부자가 되라고 명령하소서!

찌질한 솔로몬같이 부귀영화를 실컷 누리고는
世上萬事 헛되도다 헛되도다
헛소리하지 않을 것입니다

위선자임을 기뻐하여라

나 언덕에 앉아 폐허 같은 城을 내려다보며
저런 곳에 사는 人間들은 어떻게 생겼을까 궁금해하
고 있는데

너 저곳에 가서 복음을 전파하여라
유령같이 나타난 예수님의 말씀

저 보고 위선자가 되란 말씀입니까?

예수님 내 어깨를 치며 가라!

나 요나같이 도망가고 싶으나 고래 뱃속에 들어가기
싫어

예수님에게 등을 떠밀려 城에 들어가
한밤중 공동묘지 같은 광장에 있는 돌 위에 올라간다

나 나도 믿지 않는 것을 믿으라고 모깃소리로 외친다
회개하여라! 하느님 나라가 가까이 왔다!

곧 광장은 기뻐하는 사람들로 가득 차니
이런! 나도 믿지 않는 것을 사람들에게 믿게 하였나!

나는 돌에서 내려와 가려고 하자 사람들이 막는다
제발 여기 계셔 주십시오 애원하는 人間들에

아! 위선자여! 너는 무슨 짓을 했느냐?
구미호가 되어 사람들을 미혹에 빠뜨렸구나!

도망쳐 城을 빠져나오는데 예수님이 城으로 들어오시니
主여 어디로 가시나이까?

네가 중생을 팽개치고 도망가니
또 십자가에 달리더라도 내가 가야겠다

나는 위선자입니다!
누가 아니라고 하더냐? 너는 네 생각만 하느냐?

무덤이 열려 죽은 자들이 뛰쳐나오게 했으니
내가 기적을 일으켰나
나는 비록 지옥에 떨어진다 하더라도
위선자가 되었음을 기뻐해야 하겠구나

예수님은 보이지 않는다
다시 십자가의 수난을 겪기는 싫으셨던 모양

혹시 예수님도 위선자?

5장

공동묘지에 쏟아지는
햇살 소나기

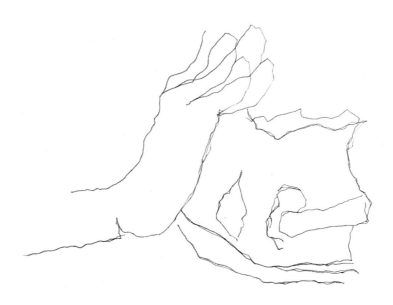

부활의 소문

부활의 소문은 2千 年을 달려와
내 귀에까지 이르렀으나
천지개벽은 일어나지 않았다

世上의 추상화는 그대로 걸려있고
방에 먼지는 다시 쌓이니
빈 무덤은 누구를 기다리나

소문은 빛같이 빠르고
살아난 발걸음은 한 발자국씩 오려나
빛바랜 부활의 소문이
깊은 가을의 낙엽이 되어
산산조각이 될 때
부활의 발걸음 소리는
바로 방문 앞에…

그래
가을이 오기 전에
봄의 발소리가 문 앞에 들리면
방문을 박차고 나가
부활의 땀 냄새를 찾아
킁킁거린다 숨겨놓은 뼈다귀를
찾는 배고픈 강아지가 되어

물고기 한 마리

그물을 배 오른쪽에 던져라. 그러면 고기가 잡힐 것이다
- 요한 21:6

밤새워 걸어 티베리아스 호숫가를 지나가는데
베드로와 제자들은 물고기 한 마리도
잡히지 않는 세상에서 헤매고 있고
예수님이 홀로 앉아 생선을 굽고 있으니
부활하셨지만 외로운 예수님

"오느라 수고했다 배가 고프지?"
맛없어 보이는 구운 물고기 주시는 예수님
배가 고파 덥석 물었더니
이빨에 딱딱한 것이 씹힌다 보니까
물고기 배 속에 들어있는 黃金 덩어리
"이거 진짜 金입니까?"
"배가 고파도 黃金은 보이는구나…"
"이왕이면 다이아몬드면 좋겠습니다"
"네 욕심이 마음에 들지만, 黃金은 시작일 뿐이다"

베드로가 잡은 생선을 가지고 온다
열심히 구워 나에게 주시는 예수님
배가 고프지 않은데도 무척 맛있는 물고기
그러나 씹히는 것은 물고기의 살 뿐
제자들의 눈총을 받으며
黃金을 주머니에 넣고
동트는 世上을 향하여 달린다
다이아몬드 광산의 꿈을 꾸며

별이 되어라

*우리는 동방에서 그분의 별을 보고 그분께 경배하러 왔
습니다 - 마태오 2:2*

부활하신 예수님이 예루살렘 성전을 거닐고 있다

나는 예수님의 귀에 대고 속삭인다
왜 선포하지 않으십니까?
내가 다시 살아난 예수라고 외치지 않으십니까?

예수님도 내 귀에 대고 속삭인다
그 누가 믿겠느냐?
아마도 나를 다시 십자가에 달 것이다

나는 조금 큰 소리로
그러면 왜 부활하셨습니까?

예수님은 손으로 내 입을 막으며
내 별은 태양처럼 빛나는 별이 아니다
오히려 잘 보이지도 않는 작고 희미한 별이다
그 별을 잘 보기 위해서는 세상은 더욱 깜깜해져야
한다

나는 황당하다는 표정을 지으며
여전히 또 알아들을 수 없는 말씀만 하시는군요
그럼 저는 무슨 별을 따라가야 합니까?

예수님 내 어깨를 잡으시며
네가 별이 되어라

나는 성전에 있는 사람들이 다 쳐다볼 정도로 웃는다
제가 별이 되다니요?
저 같은 人間이 사람들이 찾는 별이 되다니요

나를 닮은 희미한 별
칠흑 같은 밤에서 헤매는 사람들에게만 보이는 별이
되어라

나는 실망한다
그런 별은 되고 싶지 않은데요
밤하늘을 찬란하게 빛내는 그런 별
대낮에도 반짝이는 그런 별이 되고 싶은데요

하늘에서 목소리가 들린다
人間은 할 수 없지만 나는 할 수 있다

하느님이 나를 어떤 별로 만들지···

별은 무슨 별…
예수님 정말 별소리 다 하시네

예수 찾기

예수님이 다시 오실 때는 女子로
재림하신다는데 이 世上 종말의 징조가
너무 확실하니 이미 강생하셨는지도 그럼

누가 예수?

주위의 수많은 그녀 中에 예수를 찾을 수 있을까 내
가 아는 女子 中에 예수가 있기는 한가? 현명한 漁夫
는 그물에 걸린 피라미들을 걸러내고 진짜 큰 물고기
를 찾아낸다는데 물고기가 크든 작든 잘 생기든 못 생
기든 비늘만 있으면 다 좋아하는 무식한 漁夫가 예수
를 찾아내기는 똥거름에서 黃金을 찾아내기같이 어려
운 일인 듯

나를 女子 같다고 하니 혹시 내가 예수?
맞아 女子로 온다고 반드시 몸이 女子라는 법은 없으니
女子 같은 男子인 내가 페미니스트이니 女子라고 할
수 있고
그렇다면 예수를 찾으려고 수많은 女子들을 헤집고
다닐 필요가 없이 내가 바로 예수인데…

예수가 되고 싶으세요? 아니요 전혀 하지만 내 삶을

내 맘대로 못하니 내가 예수가 될 운명이라면 할 수 없지요. 걱정 마세요 당신은 절대로 예수가 아닐 겁니다 주위 女子들 中 더 찾아보세요 아 그렇군요

예수님이 女子로 다신 오신다면 낮은 곳으로 오시지 않고 아마도 매우 높은 곳에 내리시지 않을까 그렇다면 가장 아름다운 女人으로 가장 화려한 女人으로 돈 많은 女人으로 그러면 다른 호수에 그물을 던져볼까 내가 헤엄치는 물이 시원치 않을지도…

예수님은 항상 가까이 계시니 당신이 예수가 아니라면 가장 가까운 女子가 예수일 겁니다 엉뚱한 물에 그물을 치지 마시기를 사탄이 걸려올지 모르니까요 사탄도 주로 아름다운 女人으로 나타나니까 이미 주위에서 어슬렁거리는지도… 예수뿐이 아니라 사탄까지 찾아야 하니… 人生…

내가 정말 女子로 왔으면 좋겠냐?
언제 오셨는지 내 옆에 앉아계신 예수님…

빈 수레

내가 문 앞에 서서 문을 두드리고 있다 - 묵시록 3:20

예수님과 건배하는 사진을
벽에 걸어놓고 수십 년을 보고 또 보고
이제 보기도 싫다 지쳤다

수레를 끌고 가는 소는
비리비리한 늙은 소
그래서 수레는 텅 비어있는 모양이다

아니야 소는 아주 건장한 젊은 소
빈 수레의 책임을 소에게 전가하려고
머리 굴리는 치사한 人間

수레에 무엇을 실어야 하나
나는 왜 빈 수레를 몰고 있나 고민하다
예수님과 건배하는 사진을 깨 버린다

좁은 門의 비밀

너희는 좁은 문으로 들어가도록 힘써라. 내가 너희에게
말한다. 많은 사람이 그곳으로 들어가려고 하겠지만 들
어가지 못할 것이다 - 루카 13:24

내가 天國에 이르는 길에 홀로 들어서
한참을 가다 보니 한 작은 門이 보인다
저것이 바로 예수님이 말씀하신 좁은 門?
그야말로 어린아이만 들어갈 수 있는 작은 門
수전노 하느님 좀 더 크게 만들면 큰일 나는지

어차피 관계는 없다
天國에 오려는 人間들이 별로 없기에
예수님의 협박에 겁먹은 사람도 있고
天國에 관심 없는 사람이 더 많을 테고
이래저래 天國 가는 길은 외로운 길

그런데 이 門이 천국 들어가는 門?
무슨 天國이 낮은 담장도 없고
그저 달랑 門 하나밖에 없으니
전자 장치된 보이지 않는 담일지도
天國도 世上처럼 첨단 기술을 쓰는지

호기심을 이기지 못하여 도전해 본다
어차피 저 좁은 門으로는 들어가지 못하니
그런데 이게 뭔 일 내 몸은 그대로 통과
담장이 아예 존재하지 않는 것일까 아니면
담이 자격 있는 人間을 감지하는 것일까

수 없이 들락날락하지만 아무 일도 없다
졸고 있는 예수님을 깨워 물어본다
天國에 왜 담이 있어야 하느냐?
그러면 저 작은 門은 왜 있습니까?
門으로 들어오려는 자는 자격이 없다

좁은 門으로 들어오려는
좁은 人間들을 걸러내기 위한 것?
나는 오던 길을 되돌아 달려간다
이 기쁜 소식을 알려야 하지 않는가?
그러나 한참을 달려도 오는 사람은 없다

아마도 다른 길이 있을지도
어찌 天國 가는 길이 하나뿐일까
나는 길을 돌려 天國 쪽으로 다시 가지만
좁은 門은 보이지 않고
길가에 돌베개 베고 주무시는 예수님만…

나의 主님 나의 하느님

저의 주님, 저의 하느님! - 요한 20:28

나는 예수님과 토마스가 만나는 장면을 삐딱하게 서서 팔짱을 끼고 보고 있다 매우 냉소적인 표정이었나 너는 왜 표정이 그러냐? 예수님의 반응에 글쎄요 주님의 죽음 부활 이런 것들이 나하고 무슨 상관이 있나 생각 중입니다 증거가 있습니까? 이놈의 주머니를 뒤져 보아라 예수님의 명령에 토마스는 내 주머니를 뒤지는데 나오는 것들은 모두 예수에 관한 것들이다 십자가 기도서 성경 성인 전 교회사 묵주 성화 젠장 이런 걸 갖고 다니다니 모두 나에 관한 것들이니 다 내 놓아라 가져가시지요 저에겐 필요 없는 것들인데 왜 제 주머니에 있는지 모르겠습니다 그래 이 정도가 어찌 증거가 되겠나 싶던지 예수님은 배드로에게 내가 쓴 모자 입은 옷 신은 구두를 조사해 보라 하니 베드로는 내 모자부터 조사한다 모자에는 예수님의 머리카락이 붙어있다 이런 주님이 쓰시던 모자였나 옷에서는 예수님 냄새가 배어있네요 신발에는 맨발로 다니던 예수님의 발 향기가 성질 더러운 베드로 내 옷을 다 벗겨 버린다 속옷까지도 예수님의 것인지 다 뺏기고 나는 벌거숭이가 되었다 그래 내가 너하고 아무

관계도 없느냐? 당당하게 묻는 예수님 하지만 내가
이런 정도에 승복하지 않으니 옷은 다른 옷을 입으면
될 것이 아닌가 아마도 예수님은 나를 이스라엘 민족
같이 목이 뻣뻣한 놈으로 여겼겠지 요한이 나에게 와
내 피를 뽑아 검사한다 혈액형 AB형은 물론 같고 내
피에 예수님이 십자가에서 흘린 피가 섞여 있으니 이
건 뭔 일인가 요한은 다시 내 침을 긁어내 유전자 검
사를 한다 별거 다하네 근데 이건 또 뭔 일 내 유전자
에 예수님의 유전자로 도배되어 있으니 내가 예수님
같은 인간이란 말인가 이렇게 증거가 확실한데도 나
는 발가벗긴 채로 여전히 팔짱을 끼고 삐딱하게 서 있
다 왜 나는 예수님을 主님으로 받아들이지 못하나 나
는 왜 나의 主님 나의 하느님 하며 무릎을 꿇지 못하
나 아마도 예수님과 나 사이에 교회가 가로막고 있는
것이 아닌가 예수님의 대리자라고 주장하는 사제들
의 그림자가 예수님의 얼굴을 가리고 있지 않은가 교
회가 예수님의 말씀을 왜곡하여 엉뚱한 예수님의 그림
을 그리고 있지 않은가 主님 主님 主님 하는 사람들
이 예수님의 얼굴에 먹칠을 하고 예수님과 제자들은
더 이상 보이지 않고 애들이 몰려와 내 벗은 몸을 보
며 깔깔대니 나의 主님 나의 하느님 왜 나를 버리시나
이까?

191

양 떼

나는 예수님에게 묻는다
"주님 저를 사랑하십니까?"
엷은 미소를 지으면 예수님 대답하신다
"내가 너를 사랑한다는 것을 너는 알고 있다
네 양 떼를 잘 돌보아라"
나는 또 예수님에게 묻는다
"주님 저를 사랑하십니까?"
아무 표정 없이 예수님은 대답하신다
"내가 너를 사랑한다는 것을 너는 알고 있다
네 양 떼를 잘 돌보아라"
나는 또 예수님에게 묻는다
"주님 저를 사랑하십니까?"
조금 눈살을 찌푸리시며 예수님은 대답한다
"내가 너를 사랑한다는 것을 너는 알고 있다
네 양 떼를 잘 돌보아라"
저 앞으로 가시는 예수님을 따라가며 나는 묻는다
"저에게도 돌볼 양 떼가 있습니까?
저는 사제가 아닌데 무슨 양 떼가?"
베드로의 험악한 표정이 나를 막아선다

예수님은 안 보이고
우리 집 하얀 개 두 마리
나를 바라보는 까만 네 개의 눈
이것들이 양 떼? 개 떼가 아니고?
슬금슬금 기어 올라오는 자존심
나의 십자가

天國의 열쇠

나는 너에게 하늘나라의 열쇠를 주겠다
- 마태오 16:19

멋도 모르고 예수님을 그리스도라고
고백한 베드로 하늘나라의 열쇠를 받든다
이 장면을 구경하던 나 속이 뒤틀리는데
예수님 나에게 열쇠 하나를 몰래 쥐여 준다
天國의 열쇠를 나에게도 주실 리가 없는데
그냥 개구멍으로 비집고 들어가면 되는데
무슨 열쇠씩이나 주시는지 모르겠지만
예수님의 바닥없는 그 깊이를 누가 알랴
아무리 좁은 門이라고 했지만 개구멍이라니
이 열쇠는 天國의 비밀 문 열쇠니라
이 門은 베드로도 모르고 교회도 모르는
오로지 네 열쇠로만 열리는 門이다
나를 특별히 사랑하시는 예수님 감격하는데
모인 사람 하나하나에게 다 열쇠를 주시며
귓속말하는 예수님 이 건 무슨 시추에이션!
열쇠를 하늘로 던지며 환호하는 사람들…
얼굴이 시뻘게진 베드로 열쇠를 땅에 던지고
몹시 실망한 나 열쇠를 보니 黃金이 아닌가!

그래 다른 사람들의 열쇠가 金인지 銀인지
銅인지 흙인지 똥인지 확인하지 않으련다
베드로 열쇠에 다이아가 몇 알이 박혀있는지
관계치 않으련다 내 옆에 내려온 작은 門
안 열리면 어쩌나 두근거리며 열쇠를 넣어본다

예수는 상징이 아니다

고목나무 앞에서
냉수 한 그릇
떠 놓고
파리가 싹싹 빌 듯이
닭똥 냄새날 때까지 빌고
사이비 무당이 그려준
부적도
열심히 주머니에 넣고 다녔더니
나의 말도 안 되는
소원이 이루어질 것 같은

그런 미신과
우상에게
기도하다니
길이요
진리요
生命이신
예수 그리스도를
믿는다는 人間이

예수님은 아마도 진노하실 듯
나를 길이라 하면서

내 길에 들어서는 이가 없고
나를 진리라 하면서
그저 교회 장식으로 걸어 놓고
나를 生命이라 하면서
나를 위해 목숨을 내놓는 者 없으니

나 이 예수는
시시한 詩人들이 남발하는
상징이 아니다

어찌 멍청한 고목나무 맹물 싸구려 부적에
네 소원을 빈단 말이냐

그러면 제 소원을 주님께서 들어주시렵니까?

원하는 것이 무엇이냐?

…
…

나는 쪽팔려 말을 못 하니
역시 나에게는 미신과 우상이 편하겠네…

예수는 상징이 아니다
이 말은 액자에 넣어 벽에 걸어놔야겠다

나는 베드로가 아니니까

나는 고기 잡으러 가네 - 요한 21:3

나도 베드로같이 고기를 잡으러 왔다
나는 베드로가 아니기에
허탕 치지 않을 것이다
그물 가득히 물고기를 잡기 위하여
예수님의 말씀을 들을 필요가 없다
나는 베드로가 아니기에
예수님이 나타나실 필요도 없다
하지만
그물이 찢어지게 고기가 많이 잡히면
예수님에게 영광을 돌릴지도 모른다
아마도 예수님이 옆에 있었는지도 모른다
내 귀에 "깊은 곳에 그물을 쳐라"
하고 속삭이셨는지도
하지만 나는 베드로가 아니기에
더 많은 고기를 잡으러 다시 갈릴래아 호수에 배를 띄
울 것이다
예수님은 "저곳에 그물을 쳐라" 다시 속삭이실지도 모
른다
나는 생선을 구워 예수님에게 드릴 것이다

"어서 오셔서 아침을 드십시오"
나는 베드로가 아니기에
나에게 "나를 사랑하느냐?"고 단 한 번도 물어보시지
않을 것이다
"주님 저를 사랑하십니까?"
예수님은 이 질문에 환한 미소로 대답하실 것이다
"생선을 맛있게 구웠구나"
나는 더는 물어보지 않고
더 많은 고기를 잡으러 갈릴래아 호수로…
나는 예수님을 부인한 적이 없다
나는 베드로가 아니기에

나의 사명

그들은 예수님을 뵙고 엎드려 경배하였다. 그러나 더러는
의심하였다. - 마태오 28:17

나는 예수님이 승天하시기 전
제자들에게 사명을 부여하시는 山으로 간다
예수님의 말씀을 중단시키고 물어본다
저의 사명은 무엇입니까?
제자들이 술렁거리고 베드로가 얼굴이 벌겋게 되며
너 같은 놈에게 무슨 사명?!
나의 멱살을 잡아끌고 땅바닥에 내동댕이친다
여기가 어디라고 감히 主님의 말씀을 방해하다니
놀랍게도 말리지 않으시는 예수님
나는 실망하여 앉아있는데
예수님이 나타나신다
아직 승天하지 않으셨습니까?
너 때문에 잠시 승天을 미루었다
아버지가 기다리시지만 이해하실 것이다
베드로가 저에게 폭력을 행사했는데 왜 그냥 두셨습
니까?
베드로의 행동은 앞으로 펼쳐질 교회 역사의 예고편이다
그러면 저의 사명은 무엇입니까?

네 사명은 행복하게 사는 것이다
네 삶이 즐겁고 행복하지 않으면
사명이 있단 한들 무슨 소용이 있겠느냐?
이 세상이 행복하지 않은데 어찌 제가 행복할 수 있겠습니까?
네가 기쁘게 살지 않기 때문에 세상도 그렇게 보이는 것이다
내가 잠시 세상을 내려다보다가 돌아보니
예수님은 보이지 않는다
하느님과 환담을 나누고 계실 듯
예수의 후계자라는 의심하는 사제들에 관하여
폭풍에 흔들리는 교회에 관하여
행복하게 살지 못하는 이 世上의 人間들에 관하여
답답하면서도 텅 빈 나의 허무함에 관하여

詩人의 예수

깊은 가을 공원의
낙엽같이 시상이 말라버려
예수를 찾아간 詩人

기도하고 있을 줄 알았던 예수
밭을 열심히 갈고 있으니
무얼 하고 계시니까, 主님?

너를 위해 꽃밭을 만들고 있다
저는 이미 꽃밭에서 살고 있는데요
네가 꽃을 알아? 미소 짓는 예수

잡초밭에 있으면서 꽃을 노래하다니
그러니 시상이 고갈될 수밖에
기다려라 곧 진짜 꽃들을 보게 될 것이니

얼굴이 살짝 붉어지는 詩人
잡초라니요 꽃들이 예쁘기만 한데요
제 주제에 이 정도면

누가 네 주제를 정했단 말이냐?
꽃을 볼 줄도 모르면서
어찌 詩人이라고 하느냐

꽃밭에 돌아온 詩人
아무리 봐도 잡초는 아닌 듯하지만
허접한 판타지는 묻어버려야 할 듯

소멸 또는 영원한 방랑

나의 심판 날에 예수님은
나에게 선택을 강요한다
소멸이냐
회색 우주에서 영원히 방랑할 것이냐

나는 영원한 방랑을 잡을 것이다
나는 소멸되기 싫다
나는 無로 사라지기 싫다
'영원'이 무엇을 뜻하는지는 몰라도
적어도 무엇인가로 存在하고 있다면
언젠가는 벗어날 希望이 있지 않을까
지옥에서도 나올 수 있다고 누가 그러던데

예수님의 알 수 없는 미소
希望은 영원한 외로움을 견디게 할 것이다

소멸도 좋을 듯 외로움을 못 느끼니까…
소멸하면 지루한 希望도 필요 없으니까…
이 世上에서도 希望 속에 살았는데…
저 世上에서도 또 希望…

소원을 말해봐

별들로 꽉 찬
노고단의 밤하늘을 그리워하다
오염된 서울의 밤하늘에
듬성듬성한 별들을 보고

이제 삶의 먼지에 가려져
보이는 단 하나의 별

소원을 말해봐
예수님의 이 말씀에
평생 주저하던 나
자신 있게
그 별을 보고

모양새

높지 않은 山에 올라 아담한 마을을 내려다본다 한
사람이 옆에 와 앉는데
예수님을 닮았다

저 마을에 들어가고 싶지?

글쎄요 이 가파른 山을 내려가야 하고 뱀이 우글거리
는 정글을 지나면 악어 떼가 득실거리는 江을 건너야
하고 그러면 호랑이가 출몰하는 山을 또 넘고 山 밑
에 전갈이 기다리고 있는 사막을 지나면…

왜 하늘에는 길이 없다고 생각하느냐?
왕좌의 게임에 나오는 용이 오면 타고 가겠느냐?

용 타고 가기도 쉽지 않을 것 같은데요 그냥 여기서
마을까지 순간 이동하면 안 됩니까?

모양새가 중요하지 않으냐? 용을 타고 멋있게 들어가
면 모든 사람이 환호할 것이다 그냥 갑자기 나타나면
사람들은 의심할 것이다

그렇게 모양새를 중요시하는 분이 마구간에서 태어나

셨습니까?

구세주의 모양새는 그래야 하니까

트럼프가 한 말 같습니다 나는 대통령이다 너는 아니
다 뭐 그런 뜻 아닙니까?

너도 구세주가 되고 싶으냐?

그럴 리가요 저는 世上의 부귀영화를 추구하는 俗物
인데요

그러면 용을 타고 하늘을 가로지르는 용기는 있어야
할 것이다
俗物도 아무나 되는 것은 아니다

그런데 누구십니까?

나는 네가 예수라고 부르는 너다

갑자기 바로 앞에 무시무시하게 생긴 용이 나를 바라
보고 있다 이놈이 언제 왔나 오는 소리도 못 들었는
데 등에 타지 않으면 잡아 먹힐 것도 같아 용에 뛰어
오르는데 용은 어디 가고 사람들의 환호 소리에 눈을
뜨니 난 이미 마을에 들어와 있으니 결국 순간 이동을

한 것인가 아니면 용 등에서 무서워 눈 딱 감고 덜덜
떨고 있다가 기절했는지도 몰라 몰라 몰라 어떻게 왔
건 왔으면 됐지…

이 詩의 제목은 모양새가 맞지 않는 것 같습니다 제
목이 뭔 상관 내 이름이 나하고 아무 관계가 없듯이

王이 되어 주소서

예수는 하느님임을 주장하며
人間을 섬기러 왔다는데
人間이 人間을 섬기려 한다
사람들에게는 영웅이 필요하고
우러러볼 사람이 있어야 하고
섬길 主人이 있어야 하다는데
섬김받기 싫은 사람이 있으니
혹시 재림 예수가 아닐까?

예수는 하느님이라
목적이 십자가에 달리는 것이었다면
목에 힘주고
부귀영화를 누리는 것이 나의 목적이라면
섬김을 받는 것도 자비를 베푸는 것이라
아랫것들이 절할 때
겸손한 척 잘난 척하지 말고
절을 점잖게 받고
그들의 王이 되어 주면 좋으련만
저 광대한 우주를 바라보며
시골 마을의 땅을 내려다보지 않으니
저 主人 없는 중생들은 어이하랴

예수가 되라는 것도 아니야
그저 조금 王 행세를 해 주면
불쌍한 백성들이 알아서 섬길 것을
그러면 진짜 王이 되는
神話가 탄생할지도

시인 예수에 관한
시시한 고찰

-꿈에 찌든 시시(詩詩)한 남자 이야기

강정실
(문학평론가, 한국문협 미주지회 회장)

〈시 평설〉

시인 예수에 관한 시시한 고찰
-꿈에 찌든 시시(詩詩)한 남자 이야기

강정실
(문학평론가, 한국문협 미주지회 회장)

　1885년 래프 톨스토이가 저술한 단편소설 '사람은 무
엇으로 사는가'(What Men Live By)가 있다. 전체 내용
은 '사람에겐 자신에게 무엇이 필요한가를 아는 힘은 주
어지지 않았으나 마음속에 사랑이 있다'이다. 천근만근
제각각 무거운 제 짐을 지고 살아가는 이 세상에, 이 모
든 것을 사랑으로 극복하며 이에 대한 해결책인 구원의
믿음은 바로 '사랑'이다. 이 사랑은 하나님의 본래 목적인
나라에 들어갈 수 있는 황금열쇠인 것이다.
　시인 김준호는 제1시집에서부터 지금 제4시집까지 예수
의 생애에 일어난 사건을 중심으로 구원의 배경과 해답에
이르는 과정이 담겨 있고 그 정답을 찾고자 자신만의 고
행을 통해 찾아가고 있다. 정신적 고뇌에서 나오는 단순
한 소리의 흉내(imitation of physical sound)가 아닌 의
성우의어(擬聲寓意語onomatopoeia)일 것일 게다. 제1
시집 『축제의 노래』에서의 머리글 또한 간결하고 한결같
다. '나의 이 첫 시집을 꽃을 피우도록 거름을 준 사랑하

는 딸 美美의 손에 살며시 쥐어 준다.' 제2시집『우물가에 핀 꽃』에서는 '이 두 번째 시집을 예수라는 인물을 나에게 소개해준 아내에게 바친다.' 제3시집『늦게 피는 꽃나무의 神話』에서는 '나의 이 세 번째 시집을 나 자신에게 정중하게 바친다.' 그리고 이번 제4시집『詩人 의 예수』에서는 '나의 이 네 번째 시집을 예수님과 같은 날 태어난 수필가 김지향 님에게 드린다.'라고 했다.

들어가기

빙판 위의 댄스
나는 人間 世上에 내려간 적이 없다
싱거운 스릴러
왜 이 世上에 내려오셨는지 알겠네
가자! 베들레헴으로
그림의 떡
성경 중독
블루 크리스마스
새치기
사막이 된 요르단 江
꿈을 이룬 男子
나도 人間답게 살고 싶다
지뢰밭의 세례
사탄의 유혹에 넘어간 작은 예수

- 제1장. 땅에 떨어진 외로운 별 하나_시 목차

이 시작품은 시집의 첫 자리에 예수가 탄생한 것을 서시(序詩)로 방향을 알리는 에피그램인 〈어떤 강생(降生)〉이 나온다. 강생은 말 그대로 '신이 인간으로 태어난다'이다. 그런데 서시 1 「땅에 떨어진 외로운 별 하나」부터 수상쩍다. 평자는 평소 화자의 시구를 잘 알고 있는 듯했으나 막상 시집을 펼치자마자 평자 스스로 갑작스러운 시어들에 당황하고 주춤거릴 수밖에 없었다.

본래 이사야 7장 14절에 의하면 '이 세상에 처녀가 잉태하여 아들을 낳을 것인데… 그는 풍채나 아름다움도 없고, 멸시를 받아 사람들에게 버림받고… 귀히 여기지도 않는다'고 했다. 화자의 마음도 그랬을까, '사탄의 유혹에 넘어간 작은 예수' '빙판 위의 댄스' 등의 단어들은 우리가 생각하고 받아들이는 성스러운 존재가 잘못된 것처럼 대한다. 예시당초 태어난 날부터 블루 크리스마스라고 했다. 추운 겨울날 예수가 마구간 구유에 태어난 게 새치기일까? 평자의 눈에 형용사 블루(blue)가 눈에 들어온다. 우울한 크리스마스. 이 단어는 푸른, 혹은 하늘빛이라는 뜻도 있지만 우울하다는 비관적이고 부정적인 의미가 깔려 있다. //빙판 위의 댄스/나는 人間 世上에 내려간 적이 없다/싱거운 스릴러/왜 이 世上에 내려오셨는지 알겠네/가자! 베들레헴으로… 나도 人間답게 살고 싶다/지뢰밭의 세례/사탄의 유혹에 넘어간 작은 예수//

인간이 우주를 정복하고 과학이 새로운 종교인양 날뛰

고 있는 작금에 시인 김준호는 시 전체 곳곳에 지뢰밭이
깔린 성경적 시빗거리를 제공하고 있다. 화자는 시인이라
는 명칭을 부여한 예수를 메시아라는 무거운 짐을 세상
밖으로 끄집어내어 주고 싶은, 우리와 같이 인생 여정과
구원이라는 본래의 목표나 이상향을 함께하고자 의지가
담겨 있다. 그래서 성경중독이라는 단어를 사용했을까?

예수님 돈주머니 속의 黃金
하얀 구름
나는 아직 살아있거든
나눔의 행복
맹물은 맹물 와인은 와인
버릴 것이 없다
밭을 일구는 예수님
젊은이
반짝이는 것
기적
물을 최고급 와인으로
나도 부자가 되고 싶다
내 삶을 사는 예수님
내 쓰레기를 지고 가는 예수님
진수성찬
나는 장님이 아니었다
내로남불의 神話
늙은이는 꿈을 꾸리라

예수의 첫 번째 표적(요 2:1~11)인 물을 포도주로 변화시키는 과정은 갈릴리 가나의 혼인 잔치에서 일어난 일이다. 어머니와 예수의 제자들 앞에서 만들어낸 사건이다. //물을 고급 와인으로/나도 부자가 되고 싶다/내 삶을 사는 예수님/내 쓰레기를 지고 가는 예수님/진수성찬//

왜 최고급 와인일까? 2천 년 전의 생활 환경적 과정의 역사를 보며 자신은 이기적이지 아니하다고 느끼면서도 물질의 풍요로운 삶, 그때와 비교하며 물질의 부자(?)가 되고 싶다는 허세가 발동한 것일 것일까? 예수가 맹물을 좋은 와인으로 만들어 낸 일종의 마술 같은 것 혹은 기적을 내로남불의 신화라고 단정한다. 그러면서도 화자는 늙은이의 꿈이라고 말하며 빠져나가면서도 다른 시에서 물은 최고급 와인으로」맹물은 맹물 와인은 와인」으로 계속 시어를 만들어내고 있고, 간절한 욕심」에서도 예수의 여러 기적을 나열하면서 또 와인의 이야기를 끄집어내어 계속해서 시비를 걸고 있다. 차라리 봉이 김선달의 행위쯤으로 코믹하게 바라보는 풍자적 사건으로 재해석했으면 좋을 듯싶다.

나이가 들면 좋아하는 벗이나 이웃을 초대하여 자기만의 방법으로 살갑게 술 한잔하며 함께 인생을 나누고 싶어 한다. 자연히 어디에서, 어떻게 기억에 남는 기발한 방법의 유흥을 고민한다. 개성 있는 풍류문화를 찾고 있는 우리들의 세대다.

주성(酒聖) 이태백에 필적할 만한 고려시대 인물 이규
보(1168~1241)가 있다. 그를 삼혹호(三惑好ㆍ시와 술과
거문고를 좋아한다는 뜻)라 부른다. 이규보는 "술이 없
으면 시도 지어지지 아니하고/시가 없으면 술도 마시고
싶잖아/시와 술을 내 모두 즐기니/서로 어울리고 있어야
한다."라고 했다. 이규보가 말한 술 애찬가의 음주가 풍
류가 되려면 어디서 어떻게 마시느냐가 중요하다. 그보다
는 아낙네가 있는 평범한 술집을 벗어난 자연을 벗 삼으
며 달빛 아래서 술잔을 기울이자고 노래한 조선 9대 국
왕 성종(成宗)의 형 월산대군이 더 합당할 것 같다. 왕위
에 관심도 없었고 정치는 아예 담을 쌓고 살다가 34세에
사망했다. 예수의 나이와 비슷한 젊은 나이에 사망한 월
산대군은 술과 함께 벗들을 위해, 국화가 피니 담가 놓은
술로 친구와 함께 밤새 거문고를 치며 노는 멋이다. 월산
대군은 미리 잘 빚어놓은 술을 꺼내어 자연과 함께 분위
기를 반전한 시적인 여유가 얼마나 좋은가. 명색이 화자
는 시인인데, 이러한 시어를 예수 시인에게 적당히 배치했
으면 얼마나 좋았을까 싶다.

　예수님에게 병 고침을 받으려고
　사람들이 장사진을 이루고 있다
　예수라는 사람이 정말 하느님의 아들이라면
　그냥 말 한마디로 모든 사람을 고치면 될 것을
　사람들을 뙤약볕에 몇 시간씩 기다리게 하고
　혹시 그 많은 사기 예언자 중 하나가 아닐까
　그래도 혹시 하며

나는 죽어가는 고양이를 안고 긴 줄 뒤에 선다

(중략)

갑자기 험상궂게 생긴 베드로라는 人間이 나타나

고양이는 왜 데리고 다니는 거요

집에 두고 다시 오시오

사실은 이 고양이가 죽어가서

사기꾼같이 생긴 유다가 달려오더니

지금 이 많은 사람이 기다리고 있는 거 안 보여!

어찌 동물을 살려달라고 오다니

다른 제자들은 합세하여 나를 밀어내려 한다

(중략)

나는 많은 사람을 제치고 예수님 앞에 선다

그래 네 고양이가 죽어간다고

네 간절한 믿음이 네 고양이를 살렸다

돌아가서 네 믿음대로 살아라

그러고는 사람들에게 말씀하시니

이 사람같이 어린아이가 되지 못하면 결코 구원받지
못하리라

나보고 어린아이라니 하지만

이 사람은 하느님의 아들이 분명하다

그런데 어찌 저런 허접스러운 人間들을 제자로 불
렀는지

요즘 교회가 흔들흔들하는 것이 이상하지 않네

고양이를 살려주신 은혜를 받고도 이런 소리하니

나도 저 후줄근한 제자들과 무엇이 다르랴

-「고양이를 살리신 예수님」 부분

　화자는 베드로와 유다를 험상궂고 사기꾼 같다고 강조
하면서 //네 간절한 믿음이 네 고양이를 살렸다/돌아가
서 네 믿음대로 살아라 //예수가 인간이 아닌 일반동물
인 고양이를 살릴 수 있다는 간절한 믿음의 확신을, 어린
아이의 마음과 같다는 구원의 확신으로 말한다. 그러면서
화자는 //이 사람은 하느님의 아들이 분명하다//고 말하
고 있다.
　평자가 어릴 때 집 옆 로터리 가운데 큰 포장을 쳐놓고
뱀술과 두꺼비기름을 들고 만병(萬病)을 고치는 귀한 약
처럼 장사하는 것을 보았다. 베드로와 유다는 무대에서
북을 치며 손님들에게 바람 잡고 호객하는 마치 협잡꾼
처럼 그려진다. 그 무대는 믿음의 과정을 연마하는 장소
일 것이고, 주인공 예수가 만복의 근원인 구원이라는 뱀
술과 두꺼비기름을 판다는 장사꾼을 대변하는 듯 그려내
고 있다.
　계속 이어지는 시구는 요즘의 교회, 고양이를 살려준
은혜를 받고도 왜 이런 신성치 못하는, 믿음이 없는 것처
럼 말하고 있을까? 화자는 믿음이 없어서일까? 아니다.
교회에서 현 세상의 공존과 상생이라는 기표와 기의의 조
합을 통해 자칫 싫증이 날 시각적 상투성에 벗어나고 싶
다는 상상력을 솔직하게 표현하는 것이다. 이념의 대립

속에서도 인간애의 모습을 돌아보게 한다. 어떤 극한 상황에서도 믿음의 추구와 평화라는 메시지를 구체적으로 말하고 있다. 우리 모두가 이 세상을 살아가며 상처를 많이 받아 마음이 강퍅해져 있다. 진짜 어린아이와 같은 믿음이 아니라 무너져 내리는 진정한 기쁨을 누리지 못하고 있는 현실을 화자가 우리의 마음을 대변해주고 있다.

웬 짐이 이렇게 무겁냐?
내 짐을 스스로 지겠다고 하더니
얼마 가지도 않아 불평하는 예수님

내가 아니었으면 지금쯤 네놈은
길거리에 쓰러져 못 일어났을 것
공치사까지 하는 예수님

뭐가 이렇게 무거운지 열어보자
멈추시고 자루를 열어보는 예수님
차라리 내가 지고 가는 게 편할 듯

네놈은 웬 쓰레기를 이렇게
쓸만한 물건이 하나도 없네
쓰레기라니 나에겐 다 귀한 것들

지고 가기 싫으면 관두지 내 귀중한
물건을 쓰레기라니 이러니 예수님의
후예라는 사제들이 입이 험한 듯

쓰레기라고 다 버릴 줄 알았더니
다시 주워담고 등에 짊어지는 예수님
내 쓰레기를 대신 지어주는 主님

예수님이 이상한 분인 걸 알지만
내 비록 짐은 지고 있지 않지만
내 어깨는 더 무거우니… 인생

예수님에게 미안해서라도
내 귀중한 쓰레기를 버려야 하나
안 가냐? 손짓하는 예수님

예수님이 요즘 할 일이 없나
이 詩詩한 人間의 쓰레기를 지고
어디로 가는지도 모르는 나를…

　　-「내 쓰레기를 지고 가는 예수님」 부분

　　화자의 인생을 짊어지고 가는 예수님, 사실은 화자가
인생의 짐을 스스로 지고 가고 있다. //웬 짐이 이리 무겁
냐?/내 짐을 스스로 지겠다고 하더니/얼마 가지도 않아
불평하는 예수님 (중략) 네놈은 웬 쓰레기를 이렇게/쓸
만한 물건이 하나도 없네/쓰레기라니 나에겐 다 귀한 것
들//

먹고 살아가는 에너지를 쓰레기라고 표현하고 있다. 그 쓰레기는 생명의 양식이자 삶 그 자체이다. 화자는 사랑도 아가페 우위를 말하기 위해서 에로스를 끌어들인다. 인생이라는 삶에 대한 사랑이다. 이 쓰레기에는 먹고살기 위한 도구와 생명의 에너지가 되는 밥그릇이 있어야 한다. 예수님은 물질과 정신을 대비시켜 정신 우위를 주장하고, 친구인 화자는 사랑이 밥 먹여주나?며 딴전을 부린다. 밥은 세상 살아가는 육체의 양식이다. 이왕이면 다홍치마라고 삐까뻔쩍한 금빛 나는 숟가락이 있어야 훨씬 더 모양이 난다며 은근히 세상의 쓰레기를 강조하고 있다.

화자의 치기가 번쩍인다. //예수님이 요즘 할 일이 없나/이 詩詩한 人間의 쓰레기를 지고/어디로 가는지도 모르는 나를…// 비유와 직설, 실재와 관념, 풍자와 정색, 그러면서도 메시아를 향한 사랑과 포용되어 조화를 빚어내는 현실이 아이러니하다.

나는 눈먼 거지가 되어
거리에 앉아 까만 세상을 보며 구걸하고 있다
사람들이 와서 내 귀에 대고 속삭인다
예수라는 사람이 있는데 눈먼 사람을 보게 한단다
너도 한 번 부탁해 봐
글쎄
내가 눈을 뜨면 더는 구걸을 못 하고 일을 해야
나 지금 무척 편하고

내 人生 얼마 안 남았는데
눈을 떠서 뭐 해?
사람들이 또 와서 귀찮게 한다
예수가 저 앞에서 오고 있다
곧 네 앞을 지나갈 것이니 소리를 쳐라!
예수 발걸음 소리가 나는 듯해서
나는 모깃소리로 외친다
주님 저를 불쌍히 여기소서!
예수가 못 들었겠지 했으나
뜻밖에 예수가 와서 말한다
무엇을 원하느냐?
나는 망설이다가 대답한다
내 여생에 먹고살 만한 돈을 주십시오
구걸도 이제 지쳤습니다
나는 예수가 어떻게 나올지 생각해 본다
돈을 줄까?
눈을 뜨게 해 줄까?
돈도 주고 눈도 뜨게 해줄지도…
모르지 그냥 가버릴 수도 있고…
예수는 내 귀에 대고 말한다

넌 장님 아니거든! 눈을 떠!

나는 놀라서 번쩍 눈을 뜬다
사람들은 기적이라고 아우성친다

기적? 기적… 기적…

내가 장님이 아니었나?
그런데 세상은 왜 그렇게 깜깜했나?
그래도 구걸로 잘 살았는데
앞으로 어떻게 살란 말이냐!
다시 장님 행세를 할 수도 없으니
안 될 건 없지
나는 눈을 감고 다시 거적에 앉는다
누가 내 귀에 속삭인다
정말 장님이 되고 싶으냐?
앞이 보이고 안 보이고 무슨 관계?
장님 행세로 잘 살아왔는데…

-「나는 장님이 아니었다」전문

맹물을 맛있는 와인으로 변화시키신 主님
비리비리한 저를 멋있는 男子로 바꿔주십시오

넌 이미 멋있는 男子다
뒤를 돌아다 보아라

장님들에게 빛을 주신 主님
저의 눈을 뜨게 해 주십시오

넌 장님이 아니다
밤하늘을 보아라

문둥병자를 고치신 主님
제 病도 고쳐주십시오

넌 고칠 病이 없다
네 주위를 둘러보아라

伍天 명을 먹이신 主님
저에게 平生 먹을 것을 주십시오

얼마나 오래 살 계획이냐?
그래도 내일 먹을 것은 있겠지

물 위를 걸으신 主님
저도 물 위를 걷게 해 주십시오

넌 물 위를 걸을 필요가 없다
날아가는 참새를 보아라

폭풍우를 잠재우신 主님
저에게 世界 平和를 이룰 힘을 주십시오

넌 구세주가 아니다

나도 못 하는 것을 네가 하려고?

부활 후 영광을 받으신 주님
저도 영광의 면류관을 쓰고 싶습니다

네 마음이 얼마나 간절하냐?

主님의 옷자락을 잡은 女人처럼 간절합니다
기꺼이 강아지도 될 수 있습니다

네 간절한 욕심이 마음에 든다
영광의 무게를 견딜 힘도 주겠다

등골에 식은땀이 흐르고
찌질한 솔로몬 생각이 나는 것은…

－「간절한 욕심」 전문

    이 시작품에는 모든 요소가 어울려 공존하고 있다. 나
는 장님이 아니었다」에서는 마가복음 10:51의 구절을 인
용한다. 맹인 바디매오의 믿음과 예수가 자신을 구원해
준다는 확신을 입증시키는 장면이 나온다. 간절한 욕심」
에서는 한 발 더 나간다. 여호수아 10:11~13을 보면 아모
리 족(Amorites) 다섯 왕의 연합군과 이스라엘군과 전투
가 벌어졌을 때 태양이 잠시 멈추지는 일로 기록되어 있

다. 이스라엘군의 완전한 승리를 위해 낮시간을 늘렸던 사건이다. 태양을 중심으로 자전하고 있는 지구를 잠시 멈춘 사건이다. 여기서 믿음은 존재의 체험을 구체화하고 형상화하고 있다. 말도 안 되는 큰일 날 영화 내용 같은 오류의 장면이 연출된다.

성경에서도 인식의 오류와 이해 못 할 신화적 논리의 오류들이 등장한다. 이 모든 것을 기도와 믿음으로 극복하면 된다고 설명하고 설득시킨다. 어쩌면 좋을까? 사랑의 행위에 대한 기적으로 설명할 수밖에 없다는 그 당시 기록자들의 한계성이다. 성경 속에는 많은 민족의 이질성이나 전쟁이란 수난의 긴 역사가 담겨 있다. 이데올로기의 제물이 되었던 시대의 비극이 상존한다. 이런 상황에서도 인간이 구원받을 수 있는 꽃을 피울 수 있는 원초적 문제인 사랑과 평화를 그리고 있다.

사랑의 종류가 많다. 이웃 사랑, 진정한 사랑, 목숨 사랑, 삶에 대한 사랑, 형이상학적 관념적 말로 된 사랑, 예수님의 사랑 등과 눈먼 사랑, 돈 사랑, 입술 사랑 등이 서로 반목하면서 어느 것들은 느슨하게 결합되고 어느 것들은 맞춤법과 관계없이 한통속이 되어 합성어로 나타난다. 이럴진대 화자의 시(詩)의 구체성은 때로는 벅차게, 때로는 맥 풀리게 하는 단어들이 문맥에서 제구실하고 있다. 앞에서도 언급했지만, 아예 성경이라는 신화(?)에서 해방시키고자 김준호 시인은 두 팔을 벗고 나서고 있는 듯하다.

믿음은 보는 것이 아니라 들음과 마음에서 온다는 사실이다. 우리는 모두 이미 세상과 타협하며 신앙생활을

하고 있다. 어쩌면 물질적, 정신적 세상적 맹인으로 살아
가고 싶은 치기(致寄)일 수도 있다는 생각이 든다. 그러
나 화자가 참 구원에 대한 눈을 뜨는 순간, 그건 캄캄하
여 두려워하지 않았던 진실의 세상과 하나님의 세상 그리
고 진리의 삶에 대한 고행을 너무 잘 알기 때문일 것이다.

　　부활의 소문은 2千 年을 달려와
　　내 귀에까지 이르렀으나
　　천지개벽은 일어나지 않았다

　　世上의 추상화는 그대로 걸려있고
　　방에 먼지는 다시 쌓이니
　　빈 무덤은 누구를 기다리나

　　소문은 빛같이 빠르고
　　살아난 발걸음은 한 발자국씩 오려나
　　빛바랜 부활의 소문이
　　깊은 가을의 낙엽이 되어
　　산산조각이 될 때
　　부활의 발걸음 소리는
　　바로 방문 앞에…

　　그래
　　가을이 오기 전에
　　봄의 발소리가 문 앞에 들리면

방문을 박차고 나가
부활의 땀 냄새를 찾아
킁킁거린다 숨겨놓은 뼈다귀를
찾는 배고픈 강아지가 되어

-「부활의 소문」 전문

　현대신학자 칼 바르트(Karl Barth)는 교회 교의학(Die Kirchliche Dogmatik)에서 이렇게 말한다. '예수그리스도는 심판자로서 우리의 자리를 취했고, 심판당하는 자로 우리의 자리를 취했다. 그는 우리의 자리에서 정의롭게 행했다…그는 우리의 자리에서 심판을 당한 심판자였다. 화해의 교리에 연이어 나오는 그 교리가 나가는 과정의 모든 신학은 이 신학적 핵심에 의존한다. 모든 것의 종이 되었던 예수는, 먼 나라로 갔고 우리를 위해 왔던 하나님의 아들은 우리를 위해 존재했다. 이 모든 것은 우리를 위해 행하였던 사실에 의존한다. 곧 예수는 이와 같은 방법으로 모든 언약을 성취할 것인데, 하나님의 심판이 예수에게 임한 것이다. …이 좁은 길 외에 다른 길은 없다.'(교회교의학 IV: Die Lehre, von der Versohnung, T&T Clark, 1992)고 했다. 따라서 바르트는 예수의 부활과 예수의 삶, 죽음, 부활의 믿음을 기독교의 근간이고 계약이라 강조한다. 이 계약을 레위기 26:12와 에레미아 30:22를 인용하고 있다. "나는 너의 하나님이 되겠고, 너희는 내 백성이 되리라."다.

//부활의 소문은 2 千年을 달려와/내 귀에까지 이르렀으나/천지개벽은 일어나지 않았다 (중략) 그래/가을이 오기 전에/봄의 발소리가 문 앞에 들리면/방문을 박차고 나가/부활의 땀 냄새를 찾아 킁킁거린다 숨겨놓은 뼈다귀를/찾는 배고픈 강아지가 되어…//

그렇다면 지금도 부활의 방문과 천지개벽이 일어나기를 고대하는가? 그리하여 요한계시록 21:4에서 말하는 저희가 하나님의 완전한 백성이 되어 죽음도 없고 애통하는 것이나 아픈 것이 다시는 있지 아니하고 영원히 살아갈 수 있다고 고대하는가?

위의 시에 근거해서 바르트는 예수 안에서 성취된 역사의 의미, 하나님의 말씀, 하나님의 계시에 근거한 삼위일체 하나님의 사역, 인간 이해 그리고 성령의 사역을 근거로 교회 공동체를 설명한다. 첫째로 우리와 함께 계시는 하나님. 둘째로 화해사역의 전제로서 계약. 셋째로 깨어진 계약의 성취이다. 그 중 이 화해는 하나님인 예수 그리스도는 자기 낮춤의 역사이며 예수 그리스도는 본질적이고 객관적인 주님이다. 예수는 하나님의 은혜 계약을 성취하심과 하나님과 인간 사이에 화해를 이루기 위해 이 땅에 왔으며, 하나님 영광의 계시를 위해 육체가 된다. 바르트는 하나님의 화해 사역은 예수의 핵심 삶이며 사랑이다. 그리고 완성된 기다림이다.

결론

이 시집은 사랑인 애피그라프가 맨 앞에 자리하고 있다. 예수에 대한 사랑이다.

21세기 지금은 화성을 넘어서 금성의 실제 모습과 주변의 소리를 듣고 연무층에 둘러싸인 명왕성까지 구조와 모습이 공개되는 살아 움직이는 과학이 발단한 시대다. 우리는 하느님을 불신하고 싶은 2천 년 전의 하느님을 믿어야 하는 인간으로서, 갈대가 되지 않고 혼자 몸으로 구원의 본질을 넘어서야 하는 시대인지라, 참 종교인은 단단한 자기 최면의 아이러니 언어를 벗어나야만 한다.

시인 김준호가 산출해 낸 시들은 완전한 성경에 유래해야 한다는 자기 고백의 형식일 것이다. 그걸 의식해서인지 예수를 친구처럼 대화체를 사용하기도 하고 어떤 곳에는 반항체를 사용하며 비꼬기를 거듭 반복하면서 스스로 시시詩詩한 시(詩)로 엮고 있다고 밝힌다. 이러한 여러 가지 돌출되는 관념어와 함께 일상용어가 많이 등장하기에 이 탓에 시 전체를 건조하게 만들고 있다. 화자 김준호가 예수에 대한 비평과 허구라는 과학적이고 날카로운 주장의 등짐을 자신이 다 짊어지고 갈 지게란 걸 잘 알고 있다. 화자다운 사랑을 표현하는 연민(憐憫)의 방법일 것이다. 중요한 것은 시적인 언어와 철학적 언어는 생활 속의 시와 생활 속의 신앙철학이다. 화자의 시문학은 우리가 살아가는 일상의 산물이며 고행이다. 누군가가 이렇게 해 주어야 할 짐을 화자가 대신 지고 있다. 성경과의 사랑이 서로의 경계를 허물지 못하여 소통하지 못하고 단절되는 인간성의 타고난 한계와 현실을 직시하면서도 때때로 아집을 수 있는 푸념을 털어내고 있는 것이다. 예수

시대에도 바리새파, 사두개파가 활개를 치며 에세네파까지 메시아를 불신하며 조롱했다.

그렇다. 우리가 살아가면서 삶을 무디게 하는 요소는 시대와 장소를 초월하여 어느 때 어느 곳곳에 널리 있다. 인간이 타고난 절대적 고독, 개인적 체험, 지금의 시대상황 등은 개인과 인류의 삶을 피폐 시켜 죽음으로 내몰고 있다. 이 죽음의 직전에서 탈출하려는 우리 모두는 종교로서 아니면 또 다른 무엇으로써라도 이웃과 인류에 대한 사랑을 형상화시켜야 한다.

키가 다 자란 대나무는 외부 불신의 모순을 하얀 얇은 막(竹茹)으로 그 빈속을 막으며 성령이 꽉 찬 모습으로 커간다. 아무리 세찬 비바람과 추위에도 비틀림 하나도 없이 꼿꼿하게 서서 세상 풍파를 다 비워내기에 대나무숲의 울림은 청정하지 아니한가.